パトリスはマルティーヌのワンピースの裾を捲り上げた。
白い腿が剝き出しになる。
「あ」
恥ずかしかった。
が腿に触れると抵抗できない。
柔らかくて、
こも美しい」

人嫌い王の超格差な溺愛婚

～奇跡の花嫁と秘蜜の部屋～

吉田 行

Vanilla文庫

Contents

人嫌い王の超格差な溺愛婚

奇跡の花嫁と秘蜜の部屋

イラスト／小禄

プロローグ　めぐり会って

あの人に出会った時。

目の前に光が現れた。

不安と恐怖の道程に現れた、小さな希望の星。


必死で逃げていた。

捕まったら自分の人生は終わりだ。

（誰か、誰か助けて）

植え込みの中をかいくぐるように動いていた。狼《おおかみ》から逃げる兎《うさぎ》になった気分だ。

逃げて逃げて、ようやく人気のない場所に出ることが出来た。

そこは城の裏手、まるで田舎に戻ったかのような畑が広がっている。鶏が地面の虫を啄《ついば》み、遠くで豚の声もする。

馬小屋の中では腹をすかせた馬たちが地面を蹄《ひづめ》で叩いている。餌を急かしているのだろう。

彼は馬小屋の前でしゃがんで馬の飼い葉桶《おけ》に餌を入れていた。白いシャツの下で背中の筋肉が生き生きと動いている。

マルティーヌはおずおずと彼に近づいた。

「あの……」

話しかけると、彼はさっと立ち上がる。

若木のようにすらりとした立ち姿。自分よりかなり背が高い。

濃い茶色の前髪の間から自分をじっと見つめている。

こんな美しい人を、マルティーヌは見たことがなかった。

(この人は)

自分の味方になってくれる、何故《なぜ》だか初対面でそんな予感がした。

「なんだ」

ぶっきら棒だが、拒絶する雰囲気はなかった。自分をまっすぐ見つめてくれている。大きな手は飼い葉や麦の粒で汚れていた。

(私を助けてくれますか?)

その時自分は、彼の素性を少しも知らなかった。

一　運命のいたずら

「皆さん、針仕事は絶対無くならない仕事です。何故なら人間は皆服を着るからです。そして我が国フランシアは服飾産業が大変盛んです」

修道院が運営する女子専門の孤児院、サンナミルでは朝食後すぐに針仕事が始まる。院長のコンスタンスは毎日同じことを子供たちに言い聞かせた。

「あなたたちは家族も財産もありません。大人になったら自分の力だけで生きなければならないのです」

「また始まったたね、マルティーヌ」

ララという濃い茶色の髪の子が、隣の娘に話しかける。

「しっ、そんなこと言っちゃ駄目よ」

マルティーヌと呼ばれた娘は麦のように薄い茶色の髪だった。手元から目を切らず、正確な運針を続けている。

「孤児の女の子は大人になると悪い男が寄ってきます。甘い言葉で騙《だま》し、身を落とさせるのです。私は皆さんをそんな境遇に遭わせたくはありません」

サンナミル孤児院で成長した娘は一番近い町のドージェにある仕立て屋に雇われることが決まっていた。お針子として働きながら結婚相手を探すのが一番安泰な道だった。

「マルティーヌ、ララ、あなたたちは今年で十八歳ですね。来年からはドージェで働くのですよ。仕立て屋の寮があるから安心ね。しっかり働いて早くいいお婿さんを見つけるのよ」

コンスタンスにそう話しかけられてマルティーヌは明るく答える。

「はい、院長様」

白髪交じりの院長はマルティーヌの茶の頭を優しく撫《な》でる。

「あなたは優しいから特に心配よ、マルティーヌ。ララ、友達を守ってあげてね」

コンスタンスが二人から離れるとララがボソッと呟《つぶや》く。

「つまらないわ」

「なにが?」

二人は手を止めずに話し続ける。

「ドージェの町で就職して、そのまま結婚するなんて私は嫌だわ」

「じゃあ、どこへいくのよ」

「私はパドワに行きたいの。花の都、フランシアの王都に」

パドワは修道院から馬車で二日はかかる、この国の首都だった。王宮があり、貴族たちの邸宅が立ち並ぶ華やかな場所だという。

「パドワではお針子だってとても高い給金を貰《もら》うことが出来るのよ。平民の女が一人で部屋を借りて生きることが出来るの。素敵じゃない？」

そう言われてもマルティーヌには想像も出来ない。たまに行くドージェすら華やかに見えるのに。

「どうやってパドワに行くつもり？　私たちは道中知り合いもいないし、連れて行ってくれる人もいないわ」

この時代、長い旅行は危険が伴うものだった。自前の馬車を持っている金持ちならともかく、長い距離を辻馬車《つじばしゃ》に女だけで乗ったら誘拐されることも珍しくなかった。

「だからドージェでお針子になったらお金を貯《た》めて、パドワに連れて行ってくれる恋人を見つけるの。農家の男じゃ駄目よ。商人か職人ね。顔がいいに越したことはないけど、それより仕事だわ。稼ぎのいい男よ」

ララの話をマルティーヌはふんわりとした気持ちで聞いていた。自分は自分の将来についてそんな先のことまで考えていなかった。ましてや恋人の条件なんて――。

「ララは大人なのね、私はまだ恋人なんて」

そう言うとララはきっと自分の方を向く。

「マルティーヌ、あんたぼんやりしてちゃ駄目よ。孤児院では分からないだろうけどあんた、かなり可愛《かわい》いのよ」

麦色の巻き毛に灰色の瞳、頬《ほお》は陶器のように透き通っている。マルティーヌは一歩外界に出れば人目をひくほどの美少女だった。

「院長先生が言っていたでしょう。女の子は、特に可愛い子は危険なのよ。あんたに近づいてくる男は私が判別するから、口の上手《うま》い男に騙されないようにね」

ララの言っていることはまだぴんと来ない。今まで恋人どころか、男性と碌《ろく》に話したこともないのだ。

「恋って、どういうものかしら」

愛すべき人と出会ったら自分はすぐ分かるだろうか。見逃してしまったりしないだろうか。

「不安だわ。男の人ってどんな感じなのかしら。女の子とはどう違うの？」

ララは軽くため息をついた。

「マルティーヌは本当にねんねなのね。やっぱり私がついていないと駄目だわ。いい男が現れるまで守ってあげる。一緒にパドワに行きましょう」

夢のような話だった。マルティーヌはそれ以上深く考えず、無心に針を動かす。

『空には雲雀《ひばり》、地には黄の薔薇《ばら》、柳の下であなたを待つ』

運針が乗ってくるにつれ、マルティーヌの唇から小さな声が漏れている。

それは子供の頃から知っている恋の歌だった。コンスタンス院長が教えてくれたそれは、何故か他の誰も知らない無名の歌だった。

（もしかしたら、私の故郷の歌かもしれない）

マルティーヌは自分の親も故郷も知らない。ある朝、孤児院の扉の外に捨てられていたという。ただ、この歌だけが自分のものだった。

コンスタンス院長は歌についてなにも教えてくれなかった。ただ、しっかり覚えて忘れてはいけないと言っただけ。

遠い、誰も知らないような小さな村でしか歌われていない歌、それがこれなのだろうか。

（もし、パドワに行ったら）

自分はララほど都会への憧れはなかったが、人の多いところへ行けばこの歌を知っている人がいるかもしれない。本当の親を知れるかもしれない。そんな夢のようなことを考える。

（馬鹿ね）

マルティーヌはすぐ甘い想像を打ち切った。気の小さい自分のような人間が、大都会で一つの歌を探すなど出来そうもない。

（私はやっぱりドージェでお針子をするのが一番合っているんだわ）

だがその日の午後、二人の運命を大きく揺るがすような事態が起こった。

昼を過ぎてからサンナミル修道院を訪問した人物がいた。ドージェ一の商人、マテウだった。いつも修道院に多額の寄付をしてくれる。

「マルティーヌ、ララ、院長様がお呼びですよ」

二人で食堂へ行くと、コンスタンスとマテウが座って待っていた。

「マテウさんが王宮からの知らせを持ってきてくれたのよ」

コンスタンスが大きな紙にペンで書かれた文章を見せてくれた。だが二人とも字が読めない。

「読んであげるわね。『王室からの通達、十八歳以上二十五歳以下の全ての女性から、王宮で働く女官を募集する。身分係累は考慮しない。給金五十ピア。王宮の中の寮に暮らすこと』だそうよ」

「王宮⁈」

先に口を開いたのはララだった。読めない通知を覗《のぞ》き込《こ》む。

「凄《すご》い、王家の徴《しるし》が入った紙だわ、本物よ！」

「さよう、王宮からの通達だよ。ドージェの役所に張られていたのを特別に持ってきてあげたのだ。街は大騒ぎだよ。若い娘は全員パドワにいく準備をしているよ」

　マルティーヌはぽかんとしていた。自分が王宮の女官になれるかもしれない？　貴族や金持ちしか入れない場所に自分のような、なにも持たない女の子が行けるのだろうか。

「その通達のことなら知っていました」

　コンスタンスが静かに言った。

「確かに『誰でも』とは書いてあります。でもまったく身内のいない孤児の女の子は入れないでしょう。わざわざパドワまで行っても断られるだけです。だから言わなかったのよ」

　するとマテウが身を乗り出した。

「それが、今回ばかりは違うかもしれません」

「どういうことですか？」

「何故王宮がわざわざ女官を募集すると思います？　しかも若い女性だけだ。目的は一つ、王のためです」

　マテウは語った、女嫌いの王パトリス・ド・テシエのことを。

「フランシアの国王、唯一の太陽パトリス様は輝くばかりの美男子なのに、女嫌いなのです。二十八歳にならんとするのに妻どころか恋人も作ろうとはしない。こんなことでは子供を作らないまま年老いてしまう」

マルティーヌは商人の話をただぽかんと聞いていた。まるでおとぎ話のようだ、誰も愛さない氷の王様。

「だから若い女官を増やすのです。美しい娘が目の前をちらちらすれば、いかな朴念仁《ぼくねんじん》でも心を動かすだろうと」

そこでマテウはちらりと自分の方を見た。その視線に胸騒ぎを覚える。

「そこでマルティーヌだ。彼女が田舎にはもったいないほどの美女だと院長殿も知っているでしょう。このまま世間に出ればすぐ悪い虫がつくに違いない。それより」

顔が赤くなった。褒められているのに恥ずかしくて仕方がない。まるで服の上から全身を品定めされているようだ。

「王宮に入って見初められ、王の側妃になる可能性だって充分にある。私はよくパドワにいくが、マルティーヌほど美しい娘は見たことがない」

マルティーヌは困惑してその場から立ち去りたかった。だが隣のララがしっかりと腕を摑《つか》んで耳元で囁《ささや》く。

「凄いわ！　王宮ですって。こんな夢のような話があるなんて信じられない！」

「お待ちなさい、ララ、まだ行くとは決まっていません」

「そんなあ！　こんないい話なのに」

コンスタンスは椅子に座り直してマテウに向き合う。

「ここの娘にはしっかり針仕事を仕込んであります。誰かに見初められなくても一人で生きていけますわ」

マルティーヌは院長の気持ちが嬉《うれ》しかった。自分たちのことを真摯に考えてくれている。

だがララは不満げだった。

「やってみなければ駄目かどうか分かりません。マルティーヌはこんなに可愛いんだから雇ってもらえるかもしれないわ」

「でも……」

まだ戸惑っているコンスタンスにマテウは語り掛ける。

「もちろん採用されなかったらここへお戻ししますよ。このマテウが保証します。辻馬車じゃなく自前の馬車で貴族のお嬢さんみたいに大事にお運びします。なにせ、将来国王の側妃、子を産んだら国母になるかもしれないお方だ」

マテウが大げさに褒めたたえるのでマルティーヌはさらに困ってしまう。コンスタンスも迷っているのか、マテウと自分を交互に見る。

「マルティーヌ、どうするの？　あなたの気持ちに任せるわ」

「私は……」

どうしたらいいのか分からなかった。王宮なんて自分から一番かけ離れたところだ。

そんなマルティーヌの腕にララがしがみついた。

「ねえ、王宮にいきましょうよ、私と一緒に」

「ララと？」

　思いもよらなかったが、確かにララも同行して構わないのだ。

「マテウさん、私も一緒に行っていいでしょう？　私たちは生まれた頃から姉妹みたいに暮らしてきたの。同い年だから双子のようなものよ」

　マルティーヌとララは同じ年に孤児院に連れてこられた赤ん坊だった。寝台も隣でいつも一緒だった。

「マルティーヌは私と違って大人しいの。だから一緒に行った方がきっと心強いわ。もし彼女が採用されたら私もついでに雇ってもらえるかもしれない」

　マテウはララの剣幕《けんまく》に少し驚いたようだった。だがすぐ相好を崩す。

「もちろんララだって可能性はあるな。マルティーヌほどではないが君も充分可愛いよ。それに針仕事が出来るのは強みだからなあ」

　マルティーヌは戸惑っていた。自分を取り残してどんどん話が進んでいくようだ。黙り込む彼女の前にコンスタンスがしゃがみ込む。

「マルティーヌ、落ち着いて考えなさい。嫌なら断っていいのよ。あなたの気持ちが一番だもの」

「私……どうしたらいいのか……」

するとマテウが王宮からの通達を持って立ち上がる。

「迷うのは分かるがここを見てごらん。採用の面接は五日後なんだ。行くとしたら明日にでも出発しなければ間に合わないんだよ」

胸がどきどきする。こんなに突然、人生の岐路が訪れるなんて。

「マルティーヌ、いきましょうよ。もしかしたら王宮で働けるかもしれないのよ」

ララはもう採用が決まったように頬を紅潮させている。

「五十ピアなんてとんでもない大金だわ。五年間勤めて貯金していたら沢山お金が貯まる。すぐ店を持てるかもしれないわ」

彼女の言葉にだんだん気持ちが熱くなってきた。お針子の給金は普通十ピアだと言う。その五倍ものお金が貰えて、しかも住み込みで働けるのなら貯金も容易だろう。

(自分の家も持てるかも)

マルティーヌが一つだけ欲しいものがあった。それは自分の家だ。小さくてもいい、頑丈な煉瓦《れんが》造りの家が欲しかった。

ドージェの街には煉瓦造りの家がいくつかあった。そんな家の窓辺にはいつも花が咲いている。

いつかあんな家に住みたい、マルティーヌは密《ひそ》かに憧れていた。

だが煉瓦作りの家はドージェでも金持ちでなければ作れなかった。普通の庶民は木の家に住んでいる。

もし王宮に勤めることが出来れば、煉瓦で出来た自分の家を持てるかもしれない。マルティーヌの胸に炎が灯《とも》った。

「私……行きます」

そう言うとララが首に抱き着いてきた。

「おめでとう！　これで私もパドワに行けるわ。一生恩に着る」

「ララが一緒じゃなかったら王宮に行く勇気なんか持てなかったわ。こっちこそありがとう」

喜び合う二人の少女をマテウが微笑《ほほえ》みながら見つめている。

「良かった良かった、二人ともきっと上手くいくよ」


翌朝、マテウが自分の馬車と共に再び孤児院を訪れる。

「マテウさん、どうか二人を頼みます。駄目だったらすぐ帰ってきてください」

院長のコンスタンスは何度もマテウに頭を下げた。

「もちろんですよ。自分の娘のように大事に扱います。さあ、お嬢さん、乗ってくださ い」

マテウの馬車は座席に柔らかいクッションが敷いてあった。硬い木の椅子の辻馬車とは大違いだった。

「素敵、こんな馬車初めて乗るわ」

ララがはしゃいでいる。マルティーヌも嬉しかった。

丸二日馬車に乗り、ようやくパドワに近づいてきた。

「ごらん、あの塀の中に街があるのだよ」

街道を塞ぐように煉瓦の塀が現れた。門から中に入ると、突然街が現れる。

「わあ……！」

隣にいるララが感嘆を上げた。マルティーヌは声も出ない。

（ここがパドワ）

木の家など一つもなかった。煉瓦か石積みの家が続く。道にも綺麗《きれい》に石が敷いてあって、馬の蹄がカツカツと音を立てる。

中心部に近づくにつれ、家はどんどん大きくなっていく。三階建て、四階建て、五階建て──ドージェですら見たことの無い高さだった。どの窓にも花が飾られている。

「おお、王宮が見えてきたぞ」

そんな建物の先に、ひときわ大きな塔が見える。

「あれが」

街の中にもう一つ街があるようだ。白い塀が周りを囲み、大きな城の縁が見えている。中心から高い塔がそびえていた。

「明後日はいよいよ面接だ。今日はゆっくり休んで明日身支度を整えよう」

パドワの旅籠《はたご》に着いたのはもう夜に近かった。日は落ちているのにまるで昼間のように明るい。家々の窓からランプの明かりが漏れている。

翌日、マテウは二人を街へ連れ出した。

道の上を屋根で覆ったパッサージュには香水やハンカチ、仕立て屋がずらりと並んでいた。将来店を持ちたいララは目を輝かせる。

「いいなあ、こんなお店持ちたい」

マテウはにこにこしながら話しかける。

「こういうところは賃料も高いが、お城で働けたらきっと持てるよ」

マルティーヌとララは服飾店に入って真新しいドレスを買ってもらった。シンプルなものだが滑らかな木綿で出来ている。修道院で支給されるものはいつもごわごわとした麻だった。

さらに真っ白なモスリンで出来た白襟もついていた。ふちには小さなフリルが並んでいて、黒タフタのリボンで結ぶ。マルティーヌとララはお互いにリボンを結びあって笑いあった。

「ありがとうございます。こんな高価なものを買っていただいて」

マルティーヌがお礼を言うとマテウは笑い出す。

「もっと高いものを選んでも良かったんだよ。君たちへの投資なのだから」

そう言って肩に手を置いた。その感触がなんだか苦手だった。

(こんなに良くしてもらっているのに、いけないわ)

旅籠に戻り、夕食を食堂で取った。

「ワインも飲んでみなさい」

と勧められたので少し貰った。濃い葡萄《ぶどう》の香りに陶酔する。

「マテウさん、パドワに来ていたのか」

旅籠の食堂は他の泊り客で混んでいる。その中から一人の男性が立ち上がってマテウに話しかけた。

「やあ、アンリさん。ドージェから美女を連れてきたのですよ。マルティーヌ、ララ。こちらは私の友人でアンリという。パドワで商売をしているんだよ」

アンリという男性はマテウと同年代の男性だった。立派な髭《ひげ》の中にちらほらと白いものが交じる。

「こんばんわ、アンリさん」

マルティーヌは礼儀正しくお辞儀をした。

「この子が以前お話した孤児院の女の子ですよ。どうです、こんなに可愛い子はパドワでも珍しいでしょう」

自分のことを彼に話していたのか、マルティーヌは恥ずかしくなった。

「確かに白薔薇のような娘さんだね。きっと王宮に採用されるに違いない。面接の後は私の屋敷に寄りなさい。御馳走《ごちそう》しよう」

「あ、ありがとうございます」

マルティーヌとララはアンリに勧められるままワインを飲んだ。濃い赤ワインに酔いが回る。

「あの、一つお聞きしてもいいですか」

思い切ってアンリに話しかけた。酔いで少し気が大きくなっているようだ。

「なんだい？」

「王様は、パトリス様はどんな方なんですか。どうしてご結婚なさらないの」

若く逞《たくま》しい王なのに未《いま》だ妻を娶《めと》らない、なにか理由があるのだろうか。

「それが、誰も王のお気持ちは分からないのだよ。だから皆困っているのだ」

「……怖い方なのかしら」

不安になった。これから仕えるかもしれない人間が冷酷な男だったら――表情を曇らせるマルティーヌを見てアンリが微笑む。

「恐れることはない。王宮には沢山の人間がいる。採用されてもしばらくは王の顔すら見ることはないだろう。ゆっくり慣れればいいのだよ」

彼の言葉に胸をなでおろす。同時に疲れが体を覆った。

「ごめんなさい、もう眠くなってしまいました。部屋に戻ってもいいでしょうか」

「もちろんだよ、今日はゆっくり休んで明日に備えなさい。頑張るんだよ」

マテウとアンリに挨拶をして二人は自分たちの部屋に入った。ワインを飲みすぎたのか咽喉《のど》が渇く。二人で水差しの水を何杯も飲んだ。

「水がなくなっちゃった、貰ってくるわ」

ララが水差しを持って階下の台所へ行った。マルティーヌはベッドに横たわって火照った体を冷やしている。

(明日はどうなるだろう)

その時、水を取りに行ったはずのララが慌てて戻ってきた。

「どうしたの、お水、貰えなかったの」

彼女の表情は見たこともないくらい青ざめていた。

「マルティーヌ、ちょっと一緒に来て」

わけも分からず、ララに手を引かれて階下に降りる。階段の下から台所の入り口に入ってしまえば、食堂からは見えない。

「マテウさんとアンリさんの話していることを聞いて」

二人は自分たちが立ち去った後もワインを追加し、大声で話をしている。かなり酔っているようだ。

「いや、想像以上の美しさだった。田舎にあんな娘がいるとは」

アンリがそう言うと、マテウがにやにやと笑う。

「楽しみでしょう、アンリさん。明日王宮の面接が終わったらそのままあなたの屋敷へ連れて行きますからね」

「採用されるなんてことはないだろうね」

「あるわけないでしょう。どれほど美しくても孤児を王宮に入れるはずがない。娼館《しょうかん》とは違いますよ」

（そんな）

頭を殴られたような衝撃だった。マテウははなから自分が王宮の女官になれるなんて思ってなかったのだ。

（じゃあ、どうして？）

その答えはすぐに分かった。

「面接に落ちてがっかりしているところを口説けばすぐに落ちるでしょう。なに、世間知らずの娘だ、少し贅沢《ぜいたく》を教えてやれば貧乏な孤児院になど戻ろうとは思わなくなる」

アンリの目が細く光る。

「妻も歳を取り修道院へ入ってしまった。若く美しい娘を妾《めかけ》にして若返るとするか」

(妾)

それが目的だったのか。

自分をあの商人に渡すため、ここに連れてきたのだ。

「しかしすんなり言うことを聞いてくれるかね。真面目な娘のようだが」

「もし歯向かうようなら」

マテウの笑顔は悪魔のようだった。

「無理矢理《むりやり》ものにしてしまえばいい。真面目な娘だから純潔を失えば逆に諦めも早いでしょう」

アンリもいやらしく微笑む。

「ところで、一緒にいる友人の娘はどうするのだね。あの子もまあまあ可愛いが、妾は二人もいらんよ」

「向こうは人買いに渡しますよ。なんといっても若いし、いい値段で売れそうだ。あの二人を連れてくるのにそこそこ金がかかっている。少しは返してもらわないと」

二人は同時に笑った。もう耐えられなかった。マルティーヌとララは足音を潜めて自分の部屋に戻る。

「ううっ」

扉を閉めたところでマルティーヌは顔を覆った。悔しさと悲しさで胸が潰れそうだ。ララも彼女に抱き着いて泣き出した。

「どうしよう、どうしたらいい？」

「……孤児院に戻ろう」

今日中に逃げなければならない。明日マテウに摑まったらアンリという男の妾にならなくてはならないのだ。

「どうやって？　私たちはお金もないし、辻馬車に自分たちだけで乗ったこともないのよ」

窓の外には酔っぱらった男たちがうろついている。彼らが安全だとはとても思えなかった。

「でもやるしかないわ、なんとか修道院に戻る方法を考えなければ」

部屋の中を歩き回って考え込むマルティーヌにララが提案した。

「……あんたが明日、採用されれば助かるわ」

「なにを言っているのよララ、孤児なんて採用されないって彼らが言っていたじゃない」

「それでも！」

ララはマルティーヌの肩を摑む。

「可能性がなくなったわけじゃないわ。たとえ孤児でもあんたは可愛いもの。採用官の気が変わって雇われるかもしれない」

「そんなの……」

無理と言いたかった。だが、今ここから孤児院に自力で帰るのも無理ではないだろうか。

「どっちにしろ今は逃げられないわ。夜私たちだけで出立するなんて出来っこない。明日大人しく王宮へ面接に行って、駄目だったら隙を見て逃げればいいんじゃない」

ララの言葉ももっともだ。逃げるにしても昼間の方がいいに決まっている。

「明日よ、明日全てが決まるわ。だから早く寝よう」

そう言われても眠れそうになかった。

「お願い、ララ、一緒に寝よう。怖くて一人じゃ寝付けそうにない」

「あたしもよ、そっちにいくわ」

子供の時のように二人で寝台に横たわる。だがララはしばらくすると泣き出した。

「怖い……あたしは人買いに売られるんだ。きっと娼館に買われるわ。毎日知らない男の相手をするのよ。もう結婚も出来ないわ」

マルティーヌはララの体をぎゅっと抱きしめた。

「怖がらないで、二人で逃げよう。私もあなたも、きっと助かるわ」

そう言っているうちにマルティーヌの瞳にも涙が滲《にじ》んだ。悲しみの涙を流しているうちに二人はようやく眠りにつくことが出来た。

二　自由を求めて

翌朝、旅籠にアンリが迎えに来た。六人乗りの馬車と一緒に。

「私が王宮まで送ってあげますよ。この馬車ならあなたが孤児とは誰も思わないだろう」

マルティーヌは背筋が寒くなった。アンリの隣には大柄な男が二人並んでいる。服装はこぎれいだがその目は冷たかった。

（私たちの見張りだわ）

もし逃げ出そうとしたら彼らに摑まる、そのための大きな馬車なのだ。

「ありがとうアンリさん、まるで金持ちのお嬢さんのようだよ。君たちは幸せものだな」

マテウが大げさに喜んだ。昨日の会話を思い返すと腹立たしい。

「……ありがとうございます、アンリさん」

しぶしぶお礼を言った。マテウに買ってもらった綿のドレスと髪飾りをつけ、馬車で王宮へ向かう。

巨大な王宮へ向かうにつれ、道を歩く人間の数が多くなってきた。窓から覗《のぞ》くと皆若い女性だ。

「パドワ中、いや国中の女性が今日王宮に向かっているだろう。なんのつてもない女が女官になれるなんてもう二度とないからなあ」

(無理だわ)

歩いている女性は皆若く、希望に頬を染めている。美しい人も何人もいた。

(この人を差し置いて私が選ばれるはずがない)

マルティーヌはララの手をぎゅっと握る。

「ララ、採用されなかったらすぐに逃げよう。この馬車に戻されたら二度と出られないわ」

マテウとアンリに聞こえぬよう耳元で囁く。

「逃げるってどこへよ?」

ララはいつもの元気さが消えて、今にも泣きそうだ。

「どこへでもよ、誰かにわけを話して修道院へ戻してもらうの」

「そんな親切な人がいるかしら……」

二人で内緒話をしているのをマテウとアンリがにこやかに見守っている。

「緊張しているのかな? 大丈夫だよ、もし駄目だったら修道院へ戻ればいいんだから」

(嘘《うそ》だ)

優しそうな顔で偽りを言うマテウが恐ろしかった。

（人間がこんなに恐ろしかったなんて）

王宮に近づくと採用希望の列が出来ていた。ゆっくりゆっくり皆が前へ動き、やがて馬車は王宮の門の前に来た。

（えっ）

門の先には広大な前庭と真《ま》っ直《す》ぐ伸びる道があった。王宮はその先、まだまだ到着しそうになかった。

「王宮の門を馬車で通れるなんて二度とないだろうな、君たちのおかげだよ」

本来なら門を馬車でくぐれるのは貴族に限られている。どんなに金持ちでも平民は門の外で馬や馬車を降りて徒歩で向かわなければならない。

だが今日だけは馬車で中まで入ることが出来る。それほど希望者が多かった。

かなり時間がかかると思っていたのだが、意外に列はどんどん進んでいく。前庭の半ばあたりにもう一つ鉄の門があり、面接はその前で行われていた。

「ほとんど断られているみたいよ」

馬車の窓から顔を出したララがぽつんと呟いた。確かに大勢の女性たちが戻ってくる。

ようやく自分たちの番が来た。二番目の門の近くで馬車を降りる。後ろからマテウとアンリもついてきた。

（あそこが王宮）

二番目の門のさらにその奥には、花が咲き乱れる庭と王宮の建物があった。真っ白な壁と天を突くような塔がある。

「綺麗」

自分の身に危険が迫っているのに思わずマルティーヌはそう呟いた。

あの美しい建物に住んでいるのはどんな人だろう。

もし奇跡が起きて王宮に勤められたら全てが解決する。運命が変わるのだ。

（神様）

マルティーヌは今までで一番強く神に祈った。どうか、哀れな私たちを救ってください。

ようやく自分たちの番が来た。門の前に机が置いてあり、白い鬘《かつら》を付けた男性が座っている。

「次」

その冷たい声に怯《おび》えながらマルティーヌとララは彼の前に立つ。男性は一瞬二人の上に視線を走らせた。

「どこから来た？」

「あの、ドージェです」

「ドージェ？」

背後からマテウが口を挟んだ。

「コビッド県のドージェという街です。そこのサンナミル修道院が経営する孤児院の娘ですよ」

孤児院という言葉を聞いて男性の顔が険しくなった。

「身内のいない娘は駄目だ、次」

背筋が寒くなった。これだけでもう決まってしまうのか。

「待ってください」

考えるよりも先に口が動いた。自分にこんな勇気があったなんて知らなかった。

「私たちはサンナミル修道院で厳しく針仕事を教えられました。きっと役に立ちます。下働きでもなんでもいいですから雇ってください」

鬘を被った男性は目を丸くしていた。

「直接交渉する娘など初めてだ、そんなことを孤児院で教えていたのかね」

恥ずかしさで顔が赤くなった。厚かましい女と思われたのだろうか。

「いいか、確かに若い娘なら誰でも応募しろといったが、各役所には『身元のしっかりした人間に限る』と通達しておいたはずだ。どこの誰とも知れぬ女を城の中に入れるわけがないだろう」

マルティーヌは完全に打ちのめされた。最後の希望が消え去ったのだ。

「いやあ、そんな通達があったなんて知らなかった。これは私のミスだな。すまないことをした。諦めて帰ろう」

後ろからマテウがマルティーヌの肩を摑んだ。

(嘘だわ)

最初から彼は知っていたのだ、孤児は王宮に雇われないと。

彼の手の体温が服を通して自分に伝わる。嫌悪感に全身が覆われた。

「ララ」

隣にいる彼女の手を握る。

「なに?」

「私についてきて、なにがあっても遅れないでね」

「え、ええ」

面接官の前から折り返し、帰り道に向かう。次の瞬間、マルティーヌは前庭の植え込みに飛び込んだ。

「あっ!」

マテウの悲鳴が上がったがマルティーヌは構わず背の高いトピラリーの中を駆けていく。

「こっちよ」

王宮を囲んでいる鉄の塀は背が高いが、地面の近くに隙間があることをマルティーヌは列に並んでいる間に確認していた。地面に腹ばいになり、塀の下をくぐる。

中に入るとすぐ野茨《のいばら》の茂みがあった。マルティーヌは続いて塀をくぐってきたララの手を引いてその中に隠れる。腕も足も棘《とげ》に刺されたが構ってはいられない。

塀の向こうでは自分たちを探しに来た衛兵たちがトピラリーを揺らしている。

「こっちに逃げたはずだ」

「植木の下もよく見てみろ」

衛兵たちは鉄の塀の向こう側しか探していないようだ。マルティーヌは野茨の茂みを揺らさぬよう息を潜めていた。

「……これからどうするの？」

隣で震えているララが耳元で囁いた。

「……分からない」

思わず逃げてしまった。もう彼らの手に触れられたくはなかった。

「静かになったら、王宮の方へ行ってみましょう。そして誰かに助けを求めるの」

事情を話して孤児院に戻してもらえないだろうか。

「……上手くいくかしら、私たちの言葉を信じてもらえるかな」

いつもは元気なララがすっかりしょげていた。それとは反対にマルティーヌは変に落ち着いている。

(私にこんなことが出来たなんて)

「いないな、どこへ行ったんだろう」

「そろそろ戻ろう。王宮に逃げ込んだのなら中の衛兵にすぐ捕まるはずだ」

どれほど時間が経《た》っただろう。周囲が静かになったのは太陽がやや西に傾いた頃だった。

「王宮の裏へ行ってみましょう」

正面から近づいたらすぐ捕まるに決まっている。マルティーヌとララは茂みの中を通って王宮の後ろへ回った。

棘や木の枝に引《ひ》っ掻《か》かれながら二人は進んだ。誰かが側《そば》を通るたびに動きを止める。マテウに買ってもらった白襟はいつの間にか無くなっていた。

ようやく王宮の裏にたどり着いた。そこでは豚や鶏が飼育されている。馬小屋もあるようだ。

(修道院の雰囲気に似ているわ)

華やかなパドワ、その中でもひときわ煌《きら》びやかな王宮にこんな場所があったなんて。

(ここにいる人なら話を聞いてくれるかもしれない)

マルティーヌとララはそうっと茂みから出る。豚のいる柵の横を通り、馬小屋の中に入った。

馬房の中には馬が一頭ずつ入っていた。マルティーヌたちを見つけると餌を貰えると思ったのか鼻を鳴らし、蹄で床を叩《たた》く。

「しーっ、静かにして」

馬小屋の一番端に人がしゃがんでいた。馬丁の一人だろうか、飼い葉桶に餌を入れている。

「あの……」

思い切って彼に話しかける。白いシャツを着た男性が振り返った。

「なんだ」

（あ）

想像より若い男性だった。濃い茶色の髪は艶《つや》やかで、彼の白い額に柔らかくかかっている。

それに、驚くほど美しい顔立ちだった。髪の色に似た茶の瞳はまるで宝石のよう。

「あの……」

マルティーヌが口を開くより先に、彼が話しかける。

「これを運べ」

「え？」

「馬たちが餌を待っている。飼い葉を皆のところへ持って行ってくれ」

「は、はい」

大きな飼い葉桶をマルティーヌとララは二人がかりで運んだ。男性は一人で次々に持っていく。二十頭以上の馬に全て餌をやり終えるとさすがに腕が重い。

「ごくろうさん、もう戻っていいぞ」

馬丁は井戸の側にいって手を洗い出した。どうやら自分たちを王宮の使用人と思っているらしい。

「あの……」

男性が振り返る。よく見ると彼のシャツは真っ白だ。王宮では馬丁ですらこんないい服を着ているのだろうか。

「なんだ、仕事をさぼりたいなら勝手にしろ。見つからぬようその辺で休んでいればいい」

優しい言葉だった。この人なら助けてくれるかもしれない……マルティーヌが口を開こうとした時。

「お前、誰だ。何故パトリス様と会話している」

突然背後から首根っこを捕まえられる。ララも同じだった。大柄な男性がいつの間にか背後にいて、片手で二人を捕まえていたのだ。

「きゃああ！」

思わず悲鳴を上げる。パトリスと呼ばれた男性は立ち上がってこちらへ近づいてきた。

「放してやれ、台所の下働きだろう」

だが男の手は二人を捕えたままだった。

「いいえ、王宮の使用人は下働きでも同じ服を着ています。この者は違う。それにさきほど、女官の採用面接から女が二人逃げ出したという知らせがありました」

男性の顔が引き締まった。鋭い瞳が細まる。

「お前たちは侵入者なのか？」

恐怖で咽喉が詰まる。ララは泣き出してしまった。

「どうやらこやつらが逃げた女らしい。前庭はまだ捜索でおおわらわです。すぐ連れて行きましょう」

「待ってください！」

マルティーヌの口から自分でも驚くほど大声が出た。

「私はマルティーヌ、そちらの子はララです。私たちは二人ともドージェのサンナミルという修道院の孤児院から来ました。商人のマテウから王宮の女官になれると騙されて連れてこられたの。でも嘘だったんです。私たちは妾にさせられるの」

男性たちは顔を見合わせてぽかんとする。

「なにを言っているんだ、お前は。それにこの方が誰だか知らないのか？」

ララが泣きながら呟く。

「馬丁の人なんじゃ……」

　すると彼も、後ろの男もげらげらと笑い出した。

「やれやれ、お前たちは自分が仕えようとした人間の顔も知らないのか。この方がパトリス・ド・テシエ様、フランシアの第十五代国王だぞ」

　言葉も出なかった。彼が、この美しい人が国王陛下？

「……知りませんでした」

　よく見ればシャツもトラウザーズも上質なものだった。だが国王が一人で馬の世話をしているなんて。

　するとパトリスがけらけらと笑い出した。

「ははは、おかしい、こんなに笑ったのは久しぶりだ」

　彼の笑いが収まった頃、背後の男性がマルティーヌとララを引っ張る。

「さあ、いくぞ。門の前でお前の連れが待っている」

　ぞっと嫌悪感が走った。マテウにもアンリにも、もう二度と会いたくない。

「お願いです、助けてください。私たちを修道院に返してください。外にいる人に渡さないで！」

　少しばかりもがいても男の手は外れなかった。それでもマルティーヌは言葉を出し続ける。

「彼らは私たちを騙したの、孤児は女官になれないのに、なれると言ったわ。出ていったら私は妾に、ララは人買いに売られるわ。それだけは嫌」

ララが再び泣き出す。とうとう男が彼女だけは放してしまった。

「いい加減にしろ、お前たちがどこの人間でどんな事情があるか知らんが、国王陛下に関係ないだろう。逃げたければ王宮から出てどこへでも行けばいい」

心がくじけそうになる。だがマルティーヌは国王の目をしっかりと見た。

「私たちは自分では修道院まで帰れません。戻れないのなら、どうか王宮で使ってください。私たちは針仕事が出来ます。絶対にお役に立てます」

パトリスの茶の瞳が自分をじっと見ている。こんなに綺麗な目を見たことがなかった。

「いい加減にしろと言っているんだ。さあ、お前も立つんだ。抵抗すると衛兵を呼ぶぞ」

「嫌！　私は娼館に売られるのよ、そこで病気になって結婚も出来ず死ぬんだわ。そんな目に遭うくらいならここで死んだ方がましよ」

ララは地面に突っ伏して泣き出した。マルティーヌも泣きたかった。あの男のものになるくらいなら死の方がまだ甘美に思える。

（でも）

自分はまだ生きたかった。ただ生きるだけではない、出来るだけ明るい生き方がしたい。生活のため嫌な男のものになって、死んだように生きるのは嫌だった。

「助けてください！　お願いします、助けて！」

その時聞き覚えのある声がした。はっと振り返るとマテウとアンリが衛兵に付き添われてこちらへ近づいてくる。

「やっと見つけた。こんな奥まで潜り込んでいたのか。しかも国王陛下に拝謁しているとは」

「パトリス様、お騒がせいたしました。なにぶん田舎娘のものでご容赦ください」

ぺこぺこと頭を下げた後、マテウがこちらへ手を伸ばしてくる。その掌《てのひら》をマルティーヌは振り払った。

「触らないでください」

「なに……なにを言っているんだ」

「私とララに触らないで。私たちはあなたのものではないわ」

マテウとアンリはぽかんとした。次に彼らの顔が一気に赤くなった。

「ふざけるな！　孤児のくせに生意気言うんじゃない。お前のような女を拾ってやっただけでもありがたく思え」

マテウの言葉にマルティーヌは負けなかった。

「あなたの助けなしでも私たちは生きていけます」

「黙れ、とにかく私と一緒に来るんだ」

マテウの手が伸びてくる。逃げたくても首根っこを掴まれている状態では無理だった。

(駄目なのか)

思わず目を閉じる。だが自分の身にそれ以上なにも起こらない。それどころか掴まれていた襟の後ろも自由になった。

(なに?)

恐る恐る目を開けると、すぐ側に白いシャツの腕があった。

パトリスが自分とマテウの間に腕を拡《ひろ》げて立ちふさがっていた。

「こ、国王陛下!」

マテウとアンリは思わず地面に跪《ひざまず》いた。マルティーヌはただわけも分からず彼の横顔を見ている。

(なんて真剣な瞳)

こんな時なのに思わず見惚《みと》れてしまう、それほど精悍《せいかん》な表情だった。

「この者は王宮で使う」

「は?」

マテウが間抜けな声を出した。パトリスは彼らの頭の上から声を降らせる。

「この者たちは王宮の女官募集にやってきたのであって、お前たちの妾になるために来たのではないだろう。ならば王宮で使ってやろう。お前たちは帰るがいい」

彼らが国王の言葉の意味を悟るまでしばらくかかった。ついさっきまでマルティーヌの襟を掴んでいた男が、今度はマテウとアンリの腕を掴んで立たせる。

「パトリス様のお言葉が聞こえないのか。この娘たちは置いて、お前たちは帰るのだ」

「お待ちください、国王陛下」

アンリが、マテウよりは落ち着いた声でパトリスに話しかける。

「その娘たちに同情なされたのですね。お優しいお心、ご立派でございます。しかしその者たちは親をも知れぬ孤児でございます。王宮においてはどんな不始末をしでかすか分かりません」

彼の優し気な声が恐ろしかった。

「彼女たちは私どもがきちんと孤児院に返しましょう。もともとそのつもりだったのです。なにか勘違いをしているようだ、なにせ世間知らずの娘ですから」

なんと口の巧みな男だろう。王宮から連れ出されて彼らと自分たちだけになったらどうとでもなる。彼の屋敷に連れ込まれたら終わりだ。

(信じないで)

想《おも》いを込めてマルティーヌはパトリスの横顔を見つめた。

国王は、二人の商人をしっかりと見つめて言葉を発した。

「もう一度言う、この者たちは王宮で使う。これ以上なにか言わねばならんことがあるか？」

アンリの顔がみるみる歪《ゆが》む。

「しかし……この者を遠くのドージェ村から連れてくるのに費用が掛かっております。綿のワンピースも私が与えたものであります。綺麗な白襟も買いましたよ。それは誰が支払ってくださるのでしょう」

横にいたマテウが口を挟んだ。

（どうしよう）

ワンピースは返すことが出来る。だが白襟はどこかへ行ってしまった。

パトリスはふっと背後の男に合図をした。すると彼は腰に下げていた袋からなにかを取り出す。

「代価としてこれを持っていけ。国王陛下に商売を持ちかけるとは大した度胸だ」

マテウの手には金貨が握らされた。彼はおどおどと後ずさりする。

「そのようなつもりでは……どうぞその娘たちはお好きになさってくださいませ」

アンリはまだなにか言いたげだったが、パトリスの一瞥《いちべつ》で気持ちが折れたようだった。

「そういうことでしたら……もちろん国王陛下のお気持ちのままに……お目にかなってこの上ない喜びにございます……」

彼らが立ち去り、マルティーヌは安堵《あんど》のあまりため息をついた。

「ああ、ありがとうございます、国王陛下、なんとお礼を言ったらいいか」

パトリスはこちらを一瞥し、すぐに顔を背けた。

「礼などいらぬ。お前たちは洗濯部屋で働くのだ。賃金も高くはない、それでいいか」

マルティーヌは力強く頷《うなず》く。

「もちろんです、どんなきつい仕事でも頑張ります」

彼の顔をじっと見つめる。髪の色よりは薄い、茶の瞳だった。

(どうして私を)

そう問いかけたかった。だが彼はすぐに目を逸《そ》らしてしまう。

パトリスはマルティーヌの背後にいる男に声をかける。

「バリス、分かったな、この者を洗濯部屋の長に会わせろ。あとは向こうが取り仕切ってくれるだろう」

「承知いたしました、パトリス様」

まだ地面にしゃがみ込んで呆然《ぼうぜん》としているララを立たせ、マルティーヌと一緒に王宮へと連れて行った。

三　新しい生活

二人は王宮の一階、一番片隅にある洗濯室に連れてこられた。

「ここで王宮の洗濯を行う。リーズ、この子たちの面倒を見てやってくれ」

体格のいい女性が現れた。彼女がこの部屋を取り仕切っているらしい。

「なんですか、こんな細い娘を連れてきて。洗濯室は重労働ですよ」

マルティーヌとララは慌てて挨拶をした。

「初めまして、リーズさん。力仕事なら修道院で慣れています。ここに置いてください」

リーズは驚いたように一瞬目を見開いたが、すぐ真顔に戻る。

「まずその柔らかそうな木綿の服を脱ぐんだね。ここでは皆、丈夫な麻の服を着るんだ」

もう夕方だったのでマルティーヌとララは寝室へ連れて行かれた。王宮の屋根裏部屋にある狭い部屋に三段の寝台が二つ詰め込まれている。

「自分のものは全部寝台の中に置くんだよ。個人の場所はそこしかないんだから」

木綿のドレスは脱いで、古びた麻の服と前掛けを貰った。空いている寝台は天井に近い一つしかなかったので下着姿のまま二人で潜り込む。

「もう蠟燭《ろうそく》を消すよ。皆朝から仕事をしていて疲れているんだから、あんたたちもすぐ寝るのよ」

マルティーヌとララは狭い寝台の中でじっとしているが、眠れたものではなかった。ララが興奮した口調で囁く。

「嘘みたい、私たち本当に王宮に来ちゃった」

自分も同じ気持ちだった。昨日旅籠で眠った寝台よりずっと狭く硬かったが、気持ちは晴れ晴れしている。

「それに、王様と話したのよ、信じられない。女官になったって王様と話せない人だって沢山いるのに」

「そうね、私も信じられない」

ララは体を起こしてマルティーヌの顔を覗き込んだ。

「あんた、よく王様と話せたわね。私あの人の正体が分かってからは怖くて顔も見られなかったのに」

言われてみればそうだ、彼が国王と分かった後でも不思議と恐れはなかった。彼の指示で自分の命など消し飛ぶほどの存在なのに。

「何故だか、怖くなかったの。一生懸命訴えれば聞いてくれる、そんな気がしたのよ」

そう言うとララはため息を漏らす。

「ああ、あんたはやっぱり只者《ただもの》じゃないわ。可愛いだけじゃなく度胸もあるのね。意外と大物なのかもしれないわ」

二人でこそこそ話していると下から怒号が飛ぶ。

「うるさいよ！　寝れやしない」

「ごめんなさい……」

マルティーヌとララは目を閉じた。高ぶった気持ちが少し落ち着くと、意外なほどあっさり眠気がやってきた。

次の朝、朝日が昇るとすぐにマルティーヌとララは起こされ、麻の服を着て一階の洗濯部屋まで移動する。

「さあ、洗濯の準備をするわよ。新人の二人は私についてきて」

リーズについていてマルティーヌたちは洗濯の手順を覚えた。まず井戸から水を大釜に入れ、湯を沸かす。何枚もある白いシーツをその中で煮て汚れを落とすのだ。

煮たシーツはもう一度水で洗い、絞って裏庭で干す。全部のシーツを洗い終わるともう昼近かった。

「ああ、終わった。これで一週間は持つわね」

孤児院では洗濯は一週間に一度の仕事だった。王宮でもそうだと思っていたのだ。

ところがシーツを干し終わった頃、再び同じくらいのシーツが運び込まれてきたのだ。マルティーヌとララは驚く。

「これは？」

「今日の分のシーツよ。ベッドメイキングが終わったからここに運ばれてきたのよ。明日またこれを洗うのよ」

リーズの言葉に二人は驚いた。どうやら王宮ではシーツを毎日洗うらしい。

洗濯の仕事はそれだけではなかった。軽い食事を取った後、今度は王宮で働く女官や侍従、料理人の服がやってくる。泥や脂で汚れた前掛けをマルティーヌとララは渡される。

「これを綺麗にしなさい。灰汁《あく》を水に入れて脂を溶かすの」

「は、はい」

壺《つぼ》に入っていた灰汁を洗《あら》い桶《おけ》に入れ、その中に汚れた前掛けを漬ける。手でごしごしと洗っていると、だんだん手が痛くなってきた。今まで感じたことのない痛みだった。

「い、痛……」

それを見たリーズが悲鳴をあげる。

「馬鹿！　灰汁を入れた水に手を入れるんじゃないよ」

マルティーヌの手は真っ赤に腫れあがった。灰汁は強い薬品なので、洗う時は棒で擦るのだった。

「大丈夫？　私がやっておくからあんたは休みなさいよ」

ララが代わってくれたが、マルティーヌは腫れた手に軟膏《なんこう》を塗り、包帯を巻くと洗い棒を握った。

「平気よ、沢山あるから頑張りましょう」

灰汁で脂を洗い流し、水ですすぐと前掛けや頭巾は真っ白になった。

「ああ、疲れた」

一日の仕事が終わり夕食を取るとさすがに体の芯までくたくただった。孤児院でもそれなりに働いていたがここの仕事量は桁が違う。

「あんたたち、ちょっと下に降りてきてよ」

リーズが寝室にワインやパン、チーズを持ってきてくれた。

「若い子が入ったんだから歓迎会をしないとね」

マルティーヌとララは皆の輪の中に入った。リーズの他に四人の女性がいる。皆自分たちよりずっと年上だった。

マルティーヌがここに来た経緯を簡単に説明すると五人の女たちは感嘆の声を上げた。

「騙されて妾にされるところだったなんて！　可愛い子には苦労があるんだね」

「偶然王様と会えて良かったね。ただの馬丁だったら助けてもらえなかったかも」

「私たちだったらかくまってあげるけどね」

リーズたちはぐいぐいワインを飲んで大声で笑う。修道女たちしか知らなかったマルティーヌたちは驚いた。

「王様が結婚しないせいで急に女官が増えて、これから洗濯物が増えるよ。しんどいこった」

結局選ばれたのは富裕な商人や地主の娘たちだったらしい。マルティーヌは恐る恐るリーズたちに尋ねた。

「どうしてパトリス様は誰とも結婚しないのですか？」

あれほど美しく逞しい男性だったら、国王の身分が無くても恋に落ちる女性は沢山いるだろう。二十八歳になるのに未だ結婚しないのは何故だろう。

「女だけじゃない、人間が嫌いなのさ」

リーズが話してくれた、奇妙な国王陛下のことを。

パトリス・ド・テシエはフランシア国の王子として生を受けた。母は早くに亡くなり、父も病弱なたちで彼が十二歳の頃に死んだ。

「その後はごく限られた人間しか寄せ付けないんだ。王宮の執務室じゃなくいつも馬小屋にいる。人間より馬が好きなのさ」

だからあの時もパトリスが一人で馬の世話をしていたのか。

「国の政治は国務大臣のジャコブ様がいらっしゃるからなんとかなってるけど、この先どうなるのかね」

「やる気がないなら早く子供を作って隠居すればいいのに」

パトリスへの悪口を聞いていると、何故だか胸が苦しくなる。反論したいが、自分は彼についてなにも知らない。

（でも、もう会えない）

自分はこの洗濯室が居場所なのだ。国王に会えるのは使用人の中でもごく一部の人間だけだ。

（もう、会えない）

そう考えると、言い知れぬ寂しさに襲われるのだった。


マルティーヌとララは毎日懸命に働いた。シーツも衣類も大量にやってくるが、徐々にその量にも慣れていった。

「ねえ、これずっとほつれたままね」

ある時マルティーヌは気が付いた。炊事場の女性たちが使っている前掛けや頭巾は激しい洗濯のためほつれが多かった。

「誰も直さないの？」

服の管理は衣装部屋の仕事だった。だが国王に拝謁できる使用人の立派な上着ならともかく、下働きの人間の服装まで整えられなかった。

本来ならその服を着ている人間が繕いをすることになっているのだが、自分たちと同じように朝から晩まで働いている使用人たちにはそんな余裕はなかった。

「ねえ、直しておいてあげましょうよ」

「ええ？　そんなことまで頼まれてないじゃない」

白いシーツを干し上げた中庭の中でマルティーヌは提案した。

「でも、ほんの少しの手間だし、やってあげたら喜ぶと思うの」

「まったくあんたはお人よしなんだから」

マルティーヌは針道具を持ってくるとほつれた前掛けの縁や頭巾のリボンを補修した。

「私たちは王宮に助けられたのだから、恩返しをしたいのよ」

マルティーヌは頭巾の紐《ひも》の付け根にクローバーの刺繍《ししゅう》をした。丈夫になるし、飾りにもなる。

するとその夜、屋根裏の寝室を訪ねる者があった。

「これをやったのは誰？」

「私です……」

怖そうな年上の女性だった。勝手なことをして気を悪くしたのだろうか。

だが彼女は相好を崩してマルティィーヌに抱き着いた。

「ありがとう、可愛い刺繍だわ。久しぶりに明るい気分になった」

彼女は炊事場担当だった。刺繍のお礼にクッキーを持ってきてくれた。

「刺繍が得意なら、もっとやってもらいたいんだけど」

交渉しようとする女性の前にリーズが立ちふさがる。

「ちょっと待った。この子は洗濯場の人間なんだ。頼み事なら私を通しな」

交渉の結果、マルティィーヌとララは午前の洗濯が終わった後繕い物や刺繍をすることになった。報酬は食べ物やワインだ。炊事場の人間は残り物をある程度自由に食べられるのだ。

「これは王様が食べているのと同じものよ」

ほとんど手つかずのパイが運ばれてきた時は皆が歓声を上げた。

「見てごらん、このパイの薄いこと、まるで花弁のようだ」

たっぷり肉の入ったパイを切り分け、皆で食べる。ワインも飲んでいい気持ちだった。

「あんたたちが洗濯部屋に来てくれて良かったよ。これからもよろしくね」

そう言われてマルティィーヌもララも思わず涙ぐんだ。

「なんで泣くんだよ」

「だって、孤児の私たちがそんなこと言われるなんて……」

働いて報酬が貰える、仲間に感謝してもらえる。

ただそれだけのことが本当に嬉しかった。

「もうあんたたちはここの仲間だからね。誰が来たって渡すもんか」

リーズに抱きしめられた。マルティーヌも幸せを感じていた。

(ここにいていいんだ)

翌朝もシーツを煮て洗う。白くなった生地に喜びを感じるようになった。

中庭に張った綱の上にシーツを拡げる。真っ白な布が青空の下にはためいた。

「今日もよく乾きそう」

遠くで小鳥が鳴いている。久しぶりに心が浮き立った。

『空には雲雀、地には黄の薔薇、柳の下であなたを待つ』

マルティーヌの口から歌が流れた。孤児院を出てから初めて歌う気分になった。

『草の香り、あなたが踏んだ草の香り』

その時、背後のシーツがさっと払われた。

「えっ」

突然現れたのは——。

「パトリス様」

忘れもしない、自分を救ってくれた国王パトリスが背後に立っていた。

「へ、陛下、ご機嫌麗しゅう……」

平伏しようとしたマルティーヌの腕を王が強く掴んだ。

「その歌はなんだ」

彼の言っている意味が分からず、マルティーヌはしばらく黙っていた。

「さっき歌っていただろう。あの歌は誰から習ったのだ」

ようやく理解した、さっき鼻歌のように口ずさんでいた歌のことか。

「分かりません……子供の頃、修道院で教わったのです」

この歌は自分と院長であるコンスタンスの他誰も知らなかった。

「歌が、どうしたのです」

パトリスはじっと自分を見つめている。怖いくらい真剣な顔だった。

（もしかしたら、この歌を知っているの？）

どこか遠い国の歌で、彼はそれを知っているのだろうか。

「ご存じなのですか」

そう尋ねると、彼は顔を逸らした。腕は掴んだままだ。

「教えてください。この歌は私しか知らないのです。もしかしたら故郷のものかもしれない」

院長のコンスタンスは「この歌は決して忘れてはいけない」と言った。きっと自分の親に関係のある歌なのだ。

必死に尋ねても彼は返事をしてくれなかった。自分の腕を摑む力が強い。

「……刺繡をしているそうだな」

ようやく腕を放してくれた。そして突然そんなことを言い出す。

「刺繡……あ、炊事場の人たちに頼まれて、しています」

マルティーヌは胸が痛くなった。勝手なことをして、怒られるだろうか。

「彼女たちが言っていたそうだ。丁寧な仕事だと」

彼の口調には怒りは感じられなかったので少しほっとした。

(王様ってそんなことまで確認しているのかしら)

洗濯部屋や炊事場のことまで知っているなんて意外だった。自分たちのことなど忘れてしまったかと思っていたのに。

「刺繡が出来るなら、こういうものもやってみろ」

パトリスはシャツの胸ポケットから白いハンカチを取り出した。

「私の頭文字が刺繡されているだろう。そういうものが作れるか？　貴族の必需品だ。もし可能なら、充分な報酬をやろう」

マルティーヌは戸惑っていた。白い麻のハンカチには美しい文字が白い糸で記されている。しかし——。

「せっかくのお申し出なのですが、私は――字が書けないのです。頭文字の刺繍なんてとても無理ですわ」

この時代、平民は文字の読み書きが出来ないことの方が多かった。孤児院でもアルファベット程度は教わっていたがまとまった文章を読むことは出来ない。

それにパトリスのイニシャルは美しい筆記体だった。まるで唐草が絡んでいるような華麗な書体は、とても真似《まね》できそうにない。

(がっかりされただろうか)

せっかく収入の見込める仕事を与えてくれたのに、引き受けることが出来ない。自分の力不足が悔しかった。

パトリスは自分をじっと見ている。俯《うつむ》いているマルティーヌには彼の表情が分からない。ただその視線の強さに射抜かれそうだ。

「……ならば、習えばいい」

ようやく頭の上から降ってきた言葉は意外なものだった。

「習う、ですか?」

「そうだ、お前と友人でこれから字を覚えるのだ。そうすれば頭文字の刺繍が出来る。洗濯部屋の賃金に加えてさらに稼ぐことが出来るだろう」

それは嬉しい申し出だった。だが誰が自分たちに教えてくれるのだろう。

「一緒に来い」

パトリスはくるりとマルティーヌに背を向けて歩き出す。慌ててついていくと、彼は王宮の中へ入っていった。

（え、私も？）

洗濯場と炊事場に入ったことはあるが、表舞台である王宮の中へ入ったのは初めてだった。美しく磨き上げられた廊下に大きな窓、珍しいガラスがふんだんに使われている。行きかう女官や侍従も美しい衣装を着ている。

彼らはマルティーヌの姿を見るとぎょっとしたような表情になる。粗末な麻の服を着た下働きの人間は王宮の表に入ることが出来ないはずなのだ。だが王が先導しているので咎《とが》めることも出来ない。

彼は階段を登り、二階の奥へと歩いていく。そこは昼でも薄暗く、あまり人もいなかった。

「ここは王宮の図書室だ」

重い扉を開いて中に入る。そこには大きな本棚がいくつも並び、分厚い本がずらりと並んでいた。こんなに沢山の本を一度に見たのは初めてだ。

「リュカ、お前の生徒を連れてきたぞ」

図書室の一番奥に大きな机があり、そこで本に埋もれるようにして座っている初老の男性がいた。彼は王を見るとゆっくりと立ち上がる。

「なんですかな、とうとうご結婚ですか？　しかしお子が字を読めるようになるにはもうしばらくかかりそうですが」

「私の子供ではない。この娘だ」

パトリスはマルティーヌを前に押し出す。粗末な麻の服を見てもその男性は驚かなかった。

「どちらのお嬢様ですか？」

「貴族の娘ではない。洗濯場で働いている。彼女が文字を読めるようにしてもらいたい。出来るか」

初老の男性がこちらへ近づいてくる。マルティーヌは思わずお辞儀をした。

「初めまして。私は貴族ではありませんし親もいない身の上です。でも字を覚えたいのです、よろしくお願いします」

下あごに白い髭を蓄えた男は優しそうに笑った。

「もちろんですよ。勉強嫌いの貴族のどら息子よりずっと覚えが良さそうだ。これから頑張りましょう」

「では、頼むぞ」

それだけ言い残してパトリスは立ち去ろうとする。思わずマルティーヌは声をかけてしまう。

「あの……」

本棚の間で彼が立ち止まり、振り返る。その姿は絵のように美しい。

「どうして、こんなに親切にしてくださるのですか」

彼の瞳が自分の上に落ちる。輝きが眩《まぶ》しすぎて思わず俯いてしまう。

「……お前は私が拾った猫だ。最低限の世話をするのは当然だ」

猫、と聞いて思わずマルティーヌは噴き出してしまった。

「なんだ」

「いえ……」

やっぱり人嫌いなんだ、ならば自分は猫でいい。

「分かりました。頑張って勉強します。いつか国王陛下へ恩返しをいたします」

すると彼は奇妙に顔を歪めて自分に背を向ける。

「猫が恩返しなど、聞いたこともない」

足早に立ち去るパトリスへ向けて、マルティーヌは深々とお辞儀をした。

マルティーヌとララは午前中シーツの洗濯が終わった後図書室に行って勉強することを

許された。煌びやかな廊下の隅を通っていると女官や侍従から未だにじろじろと見られる。

「なに、あの子たち」

「洗濯部屋の奴《やつ》がどうして表の廊下を歩いているんだ」

急いで二階の図書室に向かう。その中に入ってしまえばもう安全だった。

「よく来たね。さあこっちに座りなさい」

図書室の司書、リュカは自分たちが下働きの人間でも馬鹿にしたりしなかった。

「さあ、アルファベットの復習をしよう。Aから順に黒板に書いて見なさい」

A《アー》、B《ベー》、C《セー》……マルティーヌとララは練習用の黒板に一つずつ書いていく。

「おお、もう完璧だね。覚えが早くて私も嬉しいよ。ご褒美にサブレをあげよう」

ひと段落したところでリュカはいつも二人におやつを出してくれる。マルティーヌは炊事場からお湯を貰ってきてお茶を入れるのだった。

「ああ美味《おい》しい。君たちが来てくれたおかげで美味しいお茶が飲めるよ」

「リュカ様の女官はいないのですか？」

司書の机の横には使用人を呼ぶための紐がある。それを引けばメイドなり侍従なりが飛んでくるのではないだろうか。

「私はここで本を読んでいるだけの人間だからね」

リュカはもともと王族の子供に勉強を教える教師だった。

「私がここへ呼ばれたのはパトリス様が生まれた二十八年前だよ。あの方は勉強熱心で、まだ子供なのに難しい本を読んでくれと頼まれたものだ」

そうだったのか、だから彼は自分たちをリュカに託したのだろう。

「いつかパトリス様にお子様が出来たらまた私の仕事が出来るよ。それまで静かに本を読んでいることとしか出来ないね」

静かにお茶を飲むリュカに、マルティーヌは思い切って尋ねてみた。

「どうしてパトリス様はご結婚されないのですか？　人間嫌いというのは本当なのですか」

マルティーヌは不安だった。パトリスがどんな人間か分からない。冷酷な人だったらどうしよう。

リュカはしばらく黙っていた。

「……君たちはどう思うかな？」

質問の答えではなくそんなことを聞かれて二人は戸惑う。

「……分かりません、まだ二回しか会ったことがないから」

「だがそれだけでも分かるだろう、あの方がどんな人間かは」

パトリスがどんな人間か。

自分にとっては、まるで守護天使のような人だった。

突然出会って自分を助けてくれた。字を覚えることも許してくれた。

「いい人、だと思います」

勇気を出してそう答える。するとリュカの目が細くなった。

「君がそう思うなら、それでいいのだ。他の人の言葉に惑わされる必要はない」

「はい……」

それでも不安だった。彼の奥になにが隠れているのだろう。

リュカは白い髭の奥から一つ、ため息を漏らした。

「人の縁に薄い方なのだ。母君はあの方を産んで一年経たぬ間に亡くなり、父君である先の国王も落馬の怪我《けが》が元で亡くなった。パトリス様が十二歳の頃だ」

その話は知っていた。あまりに早い、親との別れだ。

「もちろん彼をお支えする人間は多い。だが王宮は魔界だ、味方ばかりではない。ここで一人暮らすうちにパトリス様はお心を閉ざしてしまわれたのだ」

(可哀想《かわいそう》に)

自分のような人間が彼を憐《あわ》れむなんておかしいだろうか。だが自分は孤児院で貧しいながらも愛情深く育てられ、友人のララもいる。

こんなに沢山人がいる王宮で一人生きているのはどれほど寂しいだろう。

「そんなにお可哀想な人とは知らなかったわ」

寝台にララと並んで寝ころびながらマルティーヌはぽつんと呟いた。

するとララは髪を梳《と》かしながらとんでもないことを言う。

「パトリス様、あんたのことが好きなんじゃないの？」

驚きのあまり思わず体を起こす。

「なにを言い出すのよ！　そんなことあるわけないわ」

この国の頂点である国王が自分に関心を持つはずがない。

そう主張してもララは折れなかった。

「だって、助けてくれただけじゃなく字も教えてくれているのよ。あのリュカという人は本来王族の子供を教える立場なのよ。そんな偉い人をつけてくれるなんて、あんたのことが好きなのよ」

（まさか）

一旦頭に浮かんだ希望は、打ち消そうとしてもなかなか消えてくれない。

（あの方が、私のことを？）

信じられなかった。だがそもそも今の状況が信じられないことではないだろうか。

（私が王宮に住んでいて、字を教わっている）

この奇跡に理由があるのだろうか。

もし、その理由がパトリスの心にあるとしたら。

(どうしよう)

「あんたはどうなの？　ちょっとは好きでしょう」

「そんな……考えたこともなかった」

素敵な人だとは思うけど。

雲の上の人すぎて。

「もちろん結婚は無理だろうけど、側妃ならなれるじゃない。誰か、適当な貴族の養女になってから王の側に侍《はべ》るのよ。王の想い人ならいくらでも養女の口があるはずよ」

「もう、やめてよそんな話」

掛布を被って寝ようとするが、目が冴《さ》えて眠気がやってこない。

(私は、あの方のひとをどう思っているのかしら)

もしパトリスが国王ではなく、最初の印象通り馬丁だったら。

ぶっきらぼうだけど、優しい人だったら。

好きになっていたかもしれない。

(私ったら)

恩を受けている立場なのに、こんなことを考えてしまうなんて。

(でも)

可能性は、ないのだろうか。

立場を無くしてしまえば自分と彼は年齢の近い男性と女性だ。

男性は、女性を好きになれば身分は気にしないのだろうか。

（あの方はどうして）

自分を気にかけてくれるのだろう。出会った時に放り出されていてもおかしくなかったのに。

自分たちを助けてくれたのはどうしてだろう。

（きっと、優しい方なのだわ）

人間嫌いと皆は言うが、それはきっと誤解なのだ。

自分たちを助けてくれたのも慈悲の心だったのだろう。

（いい方、きっと優しい夫になるわ）

未だ結婚しないのは、まだ彼の優しさを見抜く女性がいないだけだろう。

パトリスにふさわしい、立派な人がやがて現れる、そんな気がする。

（あの人と結婚するのはどんな人かしら）

白薔薇のように清く、鹿のようにかしこい、そんな女性が似合っている、マルティーヌは甘い想像をしながら眠りについた。

四　甘い抱擁

午後、いつものようにマルティーヌとララは図書室へ向かっていた。その時不意にひそやかな声が聞こえた。

「あれが洗濯場の娘？」

すぐ側を通る女官たちが自分たちのことを噂《うわさ》している。マルティーヌは身を硬くした。

「孤児ですって」

「ものを取ったりしないかしら、用心しなきゃ」

「ちょっと可愛いからってパトリス様に言い寄っているのよ。怖いわねぇ」

怒りと恥ずかしさで顔が赤くなる。自分は泥棒じゃないし、パトリスに言い寄ったりしていないのに。

（でも、そう思われても仕方ないのか）

孤児の身分で王宮の図書室に出入りしている。自分の着ている麻の服は場違いなことは分かっている。

（それでも、私は字を覚えたい）

　字を習って、美しいイニシャルを刺繍できるようになりたい。それがパトリスに対する恩返しだった。

「さあ、今日はテストをしましょう。アルファベットを一つずつ全部書いていくんだよ」

　リュカの言葉に従いマルティーヌとララは黒板に一つずつ文字を書いていく。二十四個書き終わると彼が覗き込んだ。

「おお、二人ともちゃんと書けているじゃないか。短期間に覚えられるとは偉いね」

「リュカ様のおかげです」

　マルティーヌは頭を下げた。貴族でもなんでもない自分たちにも彼は優しく何度も教えてくれた。勉強が楽しかったのはそのせいだろう。

「明日から筆記体の練習に移ろう。今日はこれで終わりだよ。おやつを食べてゆっくりしなさい」

　ララは椅子の上で思いっきり伸びをした。

「ああ、安心したらなんだか眠くなっちゃった」

「そこの長椅子で少し休んでもいいよ」

　リュカが指さす図書室の窓際にははめ込まれる形の椅子があった。頭を乗せるためのクッションもある。

「こんな豪華な椅子に座っていいんですか？」

「構わないよ、もう長い間誰も座っていないから埃《ほこり》が溜《た》まっているかもしれない」

「わー、嬉しい！」

ララは窓際の椅子に座ってそのまま横になった。

「気持ちいい、寝ちゃいそう……」

「顔の下にハンカチを敷くといいわ。よだれが垂れるかも」

「もう、そんなこと言わないでよ」

ララは自分のハンカチを出すと頰の下に敷く。やがて静かに寝息が漏れた。

（疲れているのね）

毎日大量の洗濯物を洗う日々だった。負担が溜まっているに違いない。

マルティーヌはララを残して書棚の中に入っていった。

（こんなに沢山、本がある）

自分の学力ではまだほんの題名も読めなかった。

（この本の一つ一つに物語があるのね）

孤児院でお話を聞かせてもらうのが好きだった。ドラゴンや魔法使い、遠い国のお姫様――。

字が読めるようになれば、自分で理解できるのだろうか。

（あの本はなにかしら）

書棚の一番上に、ひときわ分厚い本があった。茶色の革の背表紙に金の文字で題名が記されている。その言葉はマルティーヌにも分かった。

『fleur《フレール》』

（花の本だわ）

それなら自分にも分かるかもしれない。手にとってみたいのだが、手を伸ばしても届かないほど高い棚にあった。マルティーヌは辺りを見回す。

（あったわ）

木の踏み台が隅に置いてある。それを足元に置き、本に手を伸ばす。踏み台は低かったので、マルティーヌは少し背伸びをした。

（え？）

つま先の下で奇妙な音がした。それは踏み台の真ん中がきしみ、ひび割れる音だった。あまりに古く、すでに弱くなっていたのだった。

「きゃ……」

突然足の下で板が割れた。マルティーヌの体は後ろへ倒れる。

「！」

床か書棚に叩きつけられると思った、だが違った。

温かい体に包まれている。

（誰）

リュカが助けてくれたのだろうか、だが自分を背後から抱きしめている腕は白いシャツに包まれていた。リュカはいつも黒いガウンを着ているのに。

「……その踏み台は私が子供の頃使っていたものだ、木が腐っていたのだろう」

耳元で聞こえたのは低く、甘い響きがあった。

「あっ……」

パトリスだった。

自分を背後から抱きとめてくれたのはパトリスだった。

いつのまにここにいたのだろう。

「国王陛下、どうして？」

マルティーヌは彼の腕の中で体を反転させた。精悍な顔がすぐ側にある。

息がかかるほど近かった。

「私の図書室だ。来たい時にいつでも来ている」

「申し訳ありません……ありがとうございました」

礼を言って離れようとする。だがパトリスの腕は硬い縄のようにほどけなかった。

「陛下……？」

彼の茶色の目が自分を見つめている。初めて会った時と同じだった。
(どうしてそんなに見つめるの)
彼の体温を直に感じた。
(いけない)
『ちょっと可愛いからってパトリス様に言い寄っている』
女官たちの言葉が蘇《よみがえ》った。
(離れなきゃ)
「失礼いたしました。もう洗濯室へ帰ります――」
彼の体を押しのけようとした。分厚い胸板に手を当てる。
次の瞬間、信じられないことが起こった。
パトリスが自分を抱きしめたのだ。
(え)
なにが起こっているのか分からない。
耳の側に彼の胸があった。
薄いシャツを通して彼の鼓動が聞こえた。
ひどく速かった。
(どうして)

自分の体がすっかり彼の腕の中にあった。

「…………」

パトリスはなにも言ってくれない。

「陛下……」

マルティーヌは思わず彼のシャツを摑んだ。

「いけません、私なんかを」

もしこんなところを誰かに見られたら大変なことになる。小さな拳で必死にシャツを引っ張った。

「お前は」

ようやくパトリスが口を開いた。

「私をどう思っている」

信じられない言葉だった。自分が、国王のことを？

「なにをおっしゃっているのか、分かりません……」

「答えよ、お前を妾にしようとしたあの商人たちのように私を恐れているか？」

「そんな！」

パトリスはマテウやアンリたちとはまったく違う。優しい人だ。

それに、この世のものとは思えぬほど美しい。

「私は……陛下のことを……」

好きだ。

今はっきり分かった。自分の鼓動も速くなっている。

彼に抱きしめられて、嫌悪感どころか自分の体温も上がっていく。

だが、自分のような人間が彼を好きになっていいのだろうか。

なにも持っていない、孤児の身の上なのに。

自分のせいでパトリスの名に傷がつくのではないか。

「お慕いしております。でも私は」

パトリスの顔が近づいてきた。

熱い息がかかる。

「私はまだ、お前が好きかどうか分からぬ」

その声は低く、蠱惑的《こわくてき》だった。

「ただ、女はこれほど華奢《きゃしゃ》なのかと思う」

自分を抱きしめていた腕をほどき、両肩を摑む。

「肩幅も狭い、肩もこんなに小さい」

（そうか）

今まで誰も近づけなかったパトリスは、女性の体をよく知らないのだ。

「女性は、皆そうですわ」

「そうだろうか、お前は違う気がする。こんなに顔も小さい」

パトリスが両手で自分の顔を包む。分厚い掌の感触に頬が熱くなった。

「女性とは、これほど愛らしいものだったのか」

(知らなかったのね)

今まで身近に女性がいなかったから、平凡な自分でも可愛いと思うのだ。

(私がパトリス様の女嫌いを治せるかもしれない)

自分をきっかけに女を愛するようになったら、彼にふさわしい姫と結婚できるだろう。

初めての女性になれれば。

「私は、陛下が好きです」

彼の目を見て、しっかり言う。

「パトリス様は優しい方ですわ。お慕いしております」

彼の目が戸惑うように揺れる。

「こんな時、どうしたらいいのか分からぬ……」

思わずマルティーヌは噴き出してしまった。

「私も分かりません、孤児院で育ちましたので」

一瞬彼の表情がゆるみ、再び真剣な目になった。

「だが……キスしたいと思う」

胸が痛いほど高鳴る。生まれて初めての感情。

「私、も……」

触れ合って、彼を感じたい。

孤独な彼の中に、なにがあるのか知りたい。

彼に触れられて、自分がどうなるのか感じたかった。

「目を閉じろ」

マルティーヌは王の言葉に従った。

しばらくの沈黙の後、温かく柔らかいものが自分の唇に触れた。

（あ）

唇の、ほんの表面が触れるほどの軽いキス。

その瞬間マルティーヌの体は温かさに包まれた。

（これは、なに？）

全身が浮き上がっていくような感覚。血液が沸騰しそうに熱い。

「熱い……」

顔を離したパトリスの頬も赤かった。

「はい……」

　マルティーヌは彼の顔を見つめた。

「目が……」

　自分の目がどうかしたのだろう。

「お前の目は不思議な色だ。また色が変わった」

「どんな色?」

「灰色と緑が混じっていて……今は潤んで……宝石のように光っている」

　そういうパトリスの目も潤んでいた。茶の色が少し薄い。

（綺麗）

　どんな宝石より綺麗だろう。マルティーヌは彼の頬に手を当てる。

「そんなことをされると、またしたくなる」

　パトリスの顔が再び落ちてきた。唇が熱い息に覆われる。

「ふ……」

　彼の呼気が口の中に入る。それだけで体が甘く痙攣《けいれん》した。

「ん……」

　二回目のキスは執拗《しつよう》だった。彼の唇がマルティーヌの小さな唇を挟み、優しく摘《つ》まみ上《あ》げる。

　とうとうパトリスの舌先が歯に触れると、マルティーヌは耐え切れず顔を離して彼の胸

に埋めた。

「どうしたんだ」

「苦しくって……休ませて、ください……」

心臓が痛いほど打っている。震えているマルティーヌの体をパトリスは強く抱きしめた。

「私は、お前が、好き、なのかもしれない」

彼の鼓動もまだ速かった。体温も上がっている。

口調が冷静なだけにその落差が愛《いと》おしかった。

「私はパトリス様が好きです。好きでいて、いいですか？」

彼の手がゆっくり頭を撫でる。

「ああ」

その返事に安堵する。自分はパトリスを好きでいていいのだ。思わず彼の体にしがみついた。

「う……ん、マルティーヌ、どこ？」

ララの声にはっとした。彼女が目を覚ましたのだ。彼の体から離れようとする。

だが、ララに話しかける声があった。リュカだった。

「マルティーヌは先に洗濯室に帰ったよ。君も戻った方がいい」

「やだ、あたしったらそんなに長い間寝てました？　リーズさんに怒られちゃう」

ララがぱたぱたと図書室を出ていく音がする。そしてリュカの声が聞こえた。

「陛下、マルティーヌ、こちらへいらっしゃい」

二人はゆっくりとリュカの前へ出ていった。

「気づいていたのか」

パトリスは気まずそうだった。リュカは優しく微笑む。

「ご安心を。私はなにも見ておりません。もちろん誰にも言いませんよ」

パトリスは大きく息をついた。

「頼みがある。たまにここでマルティーヌと会わせてくれ。ここなら誰にも知られず彼女と二人きりになれる」

マルティーヌは嬉しかった。この先もパトリスと会えるのだ。

だがリュカはしぶい顔をした。

「構いませんが、何故こそこそしなければならないのですか。確かにマルティーヌは身分が低いですが、パトリス様の想い人なら話は別です。側妃になされば堂々と会えますよ。どうにでもやりようはあるはずです」

するとパトリスは首を横に振った。

「いや、まだ彼女のことを公表するつもりはない」

胸がかすかに痛んだ。自分との関係をおおっぴらに出来ないのは、自分が孤児だからだろうか。

パトリスはそっとマルティーヌの肩を抱いた。

「勘違いをするな。表ざたに出来ないのはお前のせいではない。私の事情なのだ」

そっと彼の顔を見上げる。どんな理由があるか分からないが、彼のことを信じよう。

「分かりました、リュカ様、どうかここで陛下と会わせてくださいい。私はそれだけでいいのです」

リュカは自分の髭を撫でながらため息をついた。

「もちろん構いません。ただ書庫の間は止めてくださいませ。本の背表紙が痛んでしまいます」

マルティーヌはそっとパトリスの胸に頰を寄せた。この場所でだけは、彼に甘えていいのだろうか。


洗濯部屋に戻ると、もう夕食の時間だった。いつものようにパンとスープの簡単な夕食を取る。

寝台にララと並んで寝ると、彼女は盛んに寝返りを打った。

「あーあ、昼寝したからか眠くないわ」

「そうね、ぐっすり眠っていたものね」

するとと彼女はマルティーヌに後ろから抱き着いて耳元に囁く。

「それで、パトリス様とはどうなったの？」

思わず振り向いてララの口を塞いだ。

「知っていたの？」

「私が本当に眠ったと思っていたの？　パトリス様がこっそり図書室に入ってきたから寝たふりをしてあげたのよ」

彼女によると、今まで何度かパトリスは図書室に来ていたらしい。

「あんたのことをじっと見ていたわ。やっぱり好きだったのね」

まったく気づいていなかった。彼がそんな前から自分のことを見ていたなんて。

「お願い、このことは誰にも言わないで。私たちは――」

自分とパトリスはなんだろう。

王と孤児の間で、恋愛など成り立つのだろうか。

「……私は陛下が好きなの」

「それで向こうも好きなんでしょ？」

「違うのよ、あの方は――まだ分からないの」

『好き、なのかもしれない』

ただの勘違い、女性への肉体的な欲求を愛と思っているのだろう。

いつか、自分に物足りなくなる日が来る。自分はなにも持たない、ただの孤児なのだから。

(それでいい)

パトリスが人を愛せるようになれるのなら、その手伝いが出来るのなら自分は構わなかった。

「私は今、パトリス様を愛しているわ」

それは決して揺るがない、誰にも奪うことの出来ない宝石だった。

「それでいいの？　噂になればあんただって一目置かれるのに」

「いいの、このまま見守っていて」

翌日からもマルティーヌはララと一緒に図書室へ行く。だがリュカと一緒に勉強するのはララ一人だ。

マルティーヌは図書室の隣にある書庫でパトリスと会うことになった。

「今日は、あまり時間がない」

国王であるパトリスは忙しかった。それでもマルティーヌとの一時を過ごすためにやってくる。壁の隅に置いてある長椅子に二人並んで座った。

「手が痛くはないか」

マルティーヌの手は洗濯や繕い物で荒れていた。その掌をパトリスは両手でそっと包む。

「いえ、慣れています」

「偉いな」

彼が指先にキスをする。蕩《とろ》けそうなほど幸せだった。

「髪に触らせてくれ」

パトリスの指がマルティーヌの巻き毛を掬《すく》い上げ、巻き付けた。マルティーヌは彼の胸に頭をゆだねる。

（もしかすると）

体を求められるかもしれない。マルティーヌは覚悟していた。

（パトリス様なら構わない）

結婚できなくても、のちに別れることになっても後悔しない、そう思っていた。

自分の体に彼の思い出を刻みたかった。

パトリスはマルティーヌの額にキスをする。

「東方の器のように白い額だ」

「見たことがありません……」

「私の部屋にある。土に骨を混ぜるそうだ。雪のように白い」

そのまま彼の唇は頬に移動する。すでに火照っている肌に口づけされる。

やがて唇と唇が重なった。彼の舌がマルティーヌの口の中へ入ってくる。

「ん……」

唇の裏を舌先で擦られるとぞくぞくと背筋が戦慄する。歯の上にも触れられ、一本一本なぞられた。

「ふあ……」

口づけだけなのに全身が熱くなる、想像もしていなかった感触だった。

「いい香りがする」

唇を放したパトリスはマルティーヌの細い首筋に顔をうずめる。熱い息の感触をうなじに感じた。

（これは、なに？）

甘く痺《しび》れるような感覚、生まれて初めて知った官能だった。

「あ……」

彼の舌を首筋に感じた。ふわっと体温が上がって、力が抜けてしまう。

「あ、ん」

思わず甘い声が出てしまい、口を押さえる。

「そんなに可愛い声を出さないでくれ……」

パトリスの声もかすれているようだ。

「ごめんなさい……」

初めてなのに感じてしまって、淫らな女と思われるだろうか。

すると彼の唇が優しく口づけをした。

「いいんだ、声を出しても……ただ、その声を聞くと私もおかしくなる」

彼が履いているトラウザーズの中が膨らんでいる。あれが男性のものなのか。

「触ってみてくれ」

マルティーヌは恐る恐るそこに触れる。まるで腫れているように弾力があって、熱い。

「お前に欲望を感じている、こんな気持ちは初めてだ」

マルティーヌは彼にもたれかかる。男女のことは一通り孤児院で習っていた。

『男は獣のような情欲を持っているのです。気をつけなさい』

院長のコンスタンスはそう言っていた。ではパトリスも獣になってしまうのだろうか。

だが彼はひたすらマルティーヌの髪にキスを繰り返すだけだった。

「お前を私のものにするのは簡単だ。だが一度でも抱けば、苦しむのはお前だ……王宮の政治に巻き込んでしまう」

パトリスの言っていることはよく分からなかった。ただ一つ、自分を気遣ってくれていることだけは理解できる。

「私は、パトリス様を信じます」

すると彼はマルティーヌのワンピースの胸元を閉じている紐を解いた。

「触れるだけだ……お前の肌に触れたい、いいか？」

マルティーヌは静かにうなずく。開いた胸元にパトリスの大きな手が入ってきた。

「あっ……」

乾いていて、熱い掌だった。首からデコルテを覆われる。彼の体温が伝わってきた。

（熱い）

不思議だった。ただ触れられているだけでマルティーヌの肌が融《と》けていく。

「柔らかい、融けてしまいそうだ」

パトリスも同じことを感じているのが嬉しかった。彼の指先が徐々に奥へと進んでいく。

「あん……」

指先はすでに乳房の領域に入っていた。誰にも触れられたことのない場所。

「痛くは、ないか」

「はい……」

「もっと、触りたい……」

ぐっと彼の手が侵入してくる。とうとう指先が乳首の先端に触れた。

「ひあ……」

その瞬間、痺れたような感触が走った。そこはいつの間にか大きく膨れ上がっている。

「お前も、感じているんだな」

（これがそうなの？）

いつの間にか、自分も官能の中にいたのだろうか。

パトリスはワンピースの中で膨れ上がっている小さな突起を指で優しく摘まんだ。それだけで悲鳴をあげるほど感じてしまう。

「駄目、そんな……」

不意に唇を塞がれた。深く舌を差し込まれながら胸を弄《もてあそ》ばれる。

「んん……」

口の中全体を舌で探られた。どこもかしこも甘く痺れる。

指で摘まれている乳首も熱く疼《うず》いていた。毒のような快楽は血液に乗って全身に回る。

（これが官能なの）

マルティーヌは性を、恐ろしく汚いものと感じていた。修道院が運営している孤児院で育ったせいだろう。マテウとアンリが自分に向けた情欲はまさに獣としか思えなかった。

だがパトリスが自分に向けている感情はまったく汚いとは思えなかった。

それどころか、この世で一番美しいものに包まれていると感じる。

温かくて真っ白な雲の中にいるようだ。

全てを彼にゆだねてしまいたい。

「パトリス、様……」

マルティーヌは自分から彼の首に抱き着いた。口と口がさらに深く繋《つな》がる。

「ああ……」

パトリスの唇から熱いため息が漏れた。お互いがお互いの口を味わい、貪っている。

「あ、あ、ああ……！」

乳房を刺激するパトリスの指先が強くなった。摘まむように動く指の間で先端はどんどん硬くなる。

「ふあっ……！」

不意に体が硬直した。今までに感じたことのない戦慄だった。

「どうしたんだ？」

聞かれても答えられない。自分の体が自分ではないようだ。

「私、どうなったの……」

思わずパトリスを見上げると、彼は強く抱きしめてくる。

「お前が欲しい、全て私のものにしてしまいたい」

それは男女の繋がりを持つということなのだろうか。

「お前の柔らかな肌に全て触れて、奥まで繋がりたい——私の欲望が抑え切れない」

マルティーヌはそっと彼の逞しい首に触れた。パトリスの体がびくっと震える。

「私にも、触らせてくださいませ」

彼の肌の感触を知りたかった。白いシャツの間から指を滑り込ませる。

(熱い)

パトリスの肌は少し乾いていて、熱かった。

肩の方まで指を滑らせると、頑丈な骨と筋肉に触れた。木の幹のようにがっしりとしている。

(もっと、側に)

真っ白なシャツの下の胸板や腹、この体に直に抱かれたらどんなだろう。マルティーヌの息が甘くなる。

「……もう駄目だ、これ以上は」

パトリスがさっと立ち上がった。温かさを急に奪われてマルティーヌは戸惑う。

「どうされたのです、私、なにか失礼なことを」

「そうではない」

彼は向こうを向いてシャツの襟を直している。

「これ以上側にいると、なにもかも忘れてお前を抱きそうだ。それは出来ない。お前が傷つく」

思わず後ろからパトリスに抱き着いた。

「傷ついても構いません、パトリス様のためなら」

困難があるのは分かっている。自分とパトリスでは身分が違いすぎる。

それでも構わなかった。この熱を永遠に体に刻めるのなら、どんな苦痛も引き受ける、そこまで覚悟していた。

パトリスは体を反転させると、マルティーヌを優しく抱きしめた。

「ありがとう」

その声はこの上なく優しかった。

「お前ほど純粋に私を愛してくれる者はいない。昔はいたが、皆この世を去ってしまった」

それは早く亡くした母君や父君のことだろうか。

「お前と出会って、凍っていた私の世界が溶けだした――もう少し待っていてくれ、きっとお前のことを堂々と愛せるようにする」

彼の言葉だけで嬉しかった。心に刻まれた宝石のようだった。

「嬉しいですわ……私はいつまでも陛下のお側におります」

服を整え図書室に戻る。ララがリュカと一緒に勉強を続けていた。

「私、もう筆記体のMまで書けるようになったわ。これで貴族のハンカチに刺繍が出来るわよ」

「凄いわね、私も頑張らなきゃ」

するとララが奇妙な表情になった。

「あんた、目が潤んでいるわよ、頬も赤いし」

「えっ」

慌てて顔を手で擦った。

「あんたはもう勉強しなくてもいいじゃない。パトリス様の想い人なんだから」

「そんなこと、関係ないわ。私は勉強したいのよ」

この部屋にある全ての本、字が読めれば中身が分かる。

パトリスもここで学んだ。自分も同じ本を読みたかった。

それを聞いたリュカは目を輝かせた。

「それはいい、パトリス様との逢瀬《おうせ》は三日に一回にして、二日は勉強の日としましょう」

「それは……困るわ」

パトリスに会えないのは嫌だ。本当は一時でも離れていたくないのに。

「ではこうしましょう。パトリス様があなたに字を教えればいい。二人は会う時間が増えるしあなたは勉強が出来る。一石二鳥でしょう」

「そんな、王様が直々に私を教えるなんて」

リュカは優しく笑った。

「人に教えることで教師も学ぶのです。パトリス様にとってもいい機会ですよ」

翌日から、二人の逢瀬はまず勉強から始まった。

「リュカと、お前に単語を五つ覚えさせるまでは肌に触れてはいけないと約束させられた」

子供向けの優しい書籍を使って勉強が始まる。

「これはabeille《アベィユ》、蜂蜜だ。分かるだろう。では次に……」

「お待ちください、まだ覚えていませんわ」

黒板に単語を書こうとしても最初のAしか出てこない。何回も見本と見比べてやっと覚えることが出来た。

「こんなに出来が悪いなんて」

がっかりするマルティーヌをパトリスは優しく慰める。

「無理に勉強することはない。読みたい本があったら私が読んでやろう」

それを聞いて思わず首を横に振る。

「いいえ、私は自分で読めるようになりたいのです。陛下が見ているものを、私も見たいの」

言ってしまってからはっとした。孤児の自分が国王と同じものを見たいだなんて不遜だろうか。

だがパトリスは目を細めて自分の頭を撫でてくれた。

「そうだったのか。お前の気持ちも知らず無神経なことを言ってすまなかった」

ぐっと抱き寄せられ、口づけをされる。

「だが勉強に身を入れすぎると愛し合う時間が短くなる。私はもうすぐ行かなくてはならない」

この国の国王が暇なはずはない。マルティーヌは彼の頬に顔を寄せた。

「私も……」

パトリスはマルティーヌの手を取ると指先にキスをする。そのまま口に含んだ。

「あ……」

熱い舌が指を包んだ。ぬるりとした感触に陶酔する。

「パトリス様……」

マルティーヌは自分で指を動かして彼の歯にそっと触れた。硬くて白い、宝石のようだ。

「気持ちがいい、不思議だ」

自分と同じようにパトリスも歯で感じているらしい。下前歯の裏側を優しく撫でた。

「ああ……」

パトリスは熱いため息を漏らす。

「パトリス様……」

マルティーヌが顔を寄せると深く口づけされた。彼の指がワンピースの紐を解く。

「ふあ、ん……」

大きな手はもう大胆に服の中に入ってくる。柔らかな膨らみを掌で包まれた。

「いい感触だ、絹のようだ」

マルティーヌは絹に触れたことがなかった。この世で一番高価で滑らかだと聞いたことがある。

そんなものと自分が同じだと言われて、嬉しかった。

パトリスは胸元を大きくはだけてマルティーヌの肩を剝《む》き出《だ》しにした。ひんやりとした空気が肌に触れる。

「ん……」

丸い肩にキスをされて思わず呻《うめ》いた。全身に甘い痺れが広がる。

「いい香りがする」

パトリスはマルティーヌのデコルテに顔を埋めた。胸の谷間に彼の息を感じる。

「やん……」

そのまま舌が谷間に滑り込んだ。濡《ぬ》れた粘膜が何度も狭い場所を出入りする。まだ触れられてもいない胸の先端が疼きだした。

「気持ちいいか」

「はい……」

たい。

恥ずかしかったが、躊躇《ためら》っている時間はなかった。それより二人の時間を味わいつくしたい。

パトリスの手が乳房を持ち上げるように包んだ。服の中で自分の胸が大きく盛り上がる。丸い膨らみに舌を這《は》わせられた。堪え切れないほどの快楽が背筋を駆け抜ける。

「ああ、もう……そんなことをされたら……」

自分の体が勝手に疼いてしまう。全身に薄い汗が噴き出す。

「お前は汗までかぐわしい」

蜜を吸う蜂のように彼の舌が胸の谷間に差し込まれる。何度も出し入れされて、さらに愉悦が深まった。

「あ、そこ、駄目……！」

快楽で乳首が膨らみ切ったところで彼の舌がそこに触れる。それだけで気が遠くなるほど気持ちいい。

「ああ……！」

思わず口を押さえる。隣の図書室ではララとリュカがいるのだ。

「大丈夫だ、ここの扉は分厚い」

そう言われても恥ずかしかった。だがねっとりと口の中に乳首を含まれると、もう声を抑えることが出来ない。

「や、いい……いいの……！」

ちゅっちゅっと軽く吸われると勝手に腰がびくんびくんと跳ねる。胸だけではなく、足の間がじいんと痺れてきた。

「感じているか」

そっと頷くと、パトリスの足が自分の腿《もも》の間に入ってきた。

「あ……？」

トラウザーズに包まれたパトリスの膝が自分の足の付け根に押し当てられた。

「やぅ……あ、ん……」

ぐりっとねじるように擦られると不意にじいんという感覚が体の中心から湧き起こる。

「私の足をまたぐんだ」

「でも……」

国王の体を下にするなんて自分に許されるのだろうか。

「構わない、私がいいと言っているのだ」

パトリスはマルティーヌの細い腰を摑むと持ち上げ、自分の右足にまたがせた。

「やん……」

不安定な格好に思わずパトリスの首に抱き着いた。

「私の足をしっかり挟んでみろ」

真っ直ぐに伸びた長い腿をマルティーヌは懸命に自分の足で挟む。するとさきほどの感覚がまた湧いてきた。

「あ、ん……」

恥ずかしい、でも抑えることが出来なかった。勝手に腰が動いてしまう。

「私の……体も、刺激してくれ」

マルティーヌは自分の膝で彼の足の間にある膨らみを押した。それは奇妙な弾力があり押し返してくる。

「こうで、いいのですか」

「ああ、そうだ……擦るように……」

彼の足の上で体を進め、腿の上をそこに当てた。上下に動かすとそこが熱くなっていく。

「いい……もっと近くに来てくれ」

パトリスはマルティーヌのワンピースの裾を捲《まく》り上《あ》げた。白い腿が剝き出しになる。

「あ」

恥ずかしかった。だがパトリスの手が腿に触れると抵抗できない。

「ここも滑らかだ、柔らかくて、お前はどこもかしこも美しい」

「陛下……」

自分も伝えたかった。どれほど彼を愛おしいと思っているか。どれほど美しいと思っているか。

彼に抱かれていると、天使の羽根に包まれているようだった。

「愛しています」

それなのに口から出るのはありきたりの言葉だった。

「……お前は美しい」

パトリスは愛の言葉を返してくれない。それでも良かった。

自分が彼の分も愛したい。

「パトリス様……好きです、この世で一番」

腰を彼の方にぐっと寄せると、さらに膨らみを腿で刺激する。

そうすると自分の体もさらに燃え上がっていった。

「あ、いい、いいんです……このまま、いいんですか？」

「そうだ、私も気持ちいい……もっと、近くに」

彼の手が自分の尻を掴む。そして下から突き上げるように中心を擦り付けてきた。

「あ、凄い……！」

ズロース越しに感じる彼の足が熱かった。逞しい筋肉が直接自分を刺激する。

「駄目、そんなに、擦ったら、あ、ああ……！」

ぶるっと震える感触に襲われた。思わずパトリスの足を強く挟む。すると彼の肉体も細かく震えだした。

「あっ……」

それは初めて聞く、彼の甘いため息だった。目を閉じて荒い息を吐いている。

「陛下、大丈夫ですか」

無理をしてどこか悪くなったのではないだろうか、マルティーヌは彼の体から降りようとした。

だが彼の腕は自分の腰を抱きしめて離さない。

「陛下……」

一旦離れたかった。ズロースの中が熱く、さらに濡れているような気がする。このままでは彼の体を汚してしまいそうだ。

だがパトリスは大きな息を吐きながら自分の胸に顔をうずめている。

そんな彼の様子はなんだか弱弱しく、このまま抱きしめていたい気もした。

「……服を汚してしまった」

ようやく顔を上げたパトリスがぽつんと呟いた。マルティーヌはよく意味が分からない。

「汚れたのなら、洗濯室へ持っていきますわ」

すると彼は噴き出した。

「いや、これは駄目だ。私が自分で洗うから」

理解が出来なかった。どうして国王が自分の服を洗わなければならないのだろう。

「こんなことが外に知れたら大事になる。皆私に女をくっつけたくてたまらないのだから」

マルティーヌはそっと彼の頭を引き寄せた。彼のためになにが出来るだろう。

（人を愛せるようになって欲しい）

こんなに優しく熱い人が、たった一人で生きていくなんて寂しすぎる。

パトリスの不安を、自分が取《と》り除《の》けるなら――。

「愛しています」

彼からの答えはなかった。それでいい。

自分は愛の水を注ぐ、そして硬い種だったパトリスが芽吹いて欲しい。

マルティーヌの願いはそれだけだった。

五　隠されていたこと

毎日のように図書室へ通う。勉強と愛、それしかなかった。

そんなある日、王宮の廊下で三人組の女官に話しかけられた。

「ちょっと、あなたたち洗濯場の娘でしょう?」

「はい……」

マルティーヌとララはおずおずと答えた。相手は女官と言っても自分たちとは違い、立派な衣装を身に着けている。中でも真ん中にいる若い女官は美しい織のドレスを身に着けていた。王族や貴族たちを直接世話する、身分の高い女官だった。

「先日私の服を洗濯室に出した時に、服のビーズが無くなっていたの。南の国で作られたとても高価なものよ。あなたたち知らない?」

マルティーヌとララは顔を見合わせた。知っているもなにも、自分たちはシーツや炊事場の服しか触っていない。ビーズが縫い付けてあるような高価な服はリーズのような熟練の人間しか触らせてもらえないのだ。

「私たちは知りません。洗濯場のリーズさんに聞いてみますね」

　そう言って通り過ぎようとした時、端にいた女官の一人が歩み出てマルティーヌの腕を摑んだ。

「なにをするんですか！」

　女官はマルティーヌの抗議に構わず背後に回って両腕を摑む。

「大人しくしなさい！　ネリー、早く探して」

　ネリーと呼ばれたもう一人の女官がマルティーヌに近づき、前掛けのポケットに手を突っ込んだ。豪華な衣装の女官はそれを黙って見ている。

「あったわ！」

　ポケットから抜き出した女官の手の中には青く光るビーズがあった。マルティーヌとララはあっけにとられる。

「ふざけないでよ、今あなたが手の中に隠していたんでしょう」

　ララが激しい剣幕で女官たちに詰め寄る。だが女官たちはせせら笑った。

「おお怖い、やっぱり孤児院出身の子は言葉が荒いわねえ」

（陥れられた）

　彼女たちは最初から自分を罠《わな》に嵌《は》めるつもりで待ち構えていたのだ。

（でも、どうして）

「すぐに衛兵に報告してあなたを逮捕してもらうわ。泥棒がパトリス様のお側にいるなんて危険極まりないもの」

はっとした。自分とパトリスのことが外に漏れている。

「なにをおっしゃっているのですか。私はパトリス様とは一度しかお会いしたことが……」

「言い逃れは止めなさい」

豪華な衣装の女官がぴしゃりと言った。

「お前が図書室へ行っている間、パトリス様がどこかへ行ってしまうのはもう王宮中が知っているわ。出てくると服が乱れているとか……ああ、いやらしい、孤児院出身は平気でそんなことが出来るのね」

マルティーヌは悔しかった。自分たちはまだ肉の繋がりまではしていない。

（でも）

自分がパトリスを愛していることは確かだった。二人きりで会っていることも。

その時、ララが口を開いた。

「あなた、アナベルでしょう。パドワで有名な商人の娘で、婚約者がいたのに王宮の女官に応募して、採用されたので相手をふってここに来たという」

マルティーヌは驚いた。あの人数の中から選ばれたのが彼女なのか。

「リーズさんが言っていたわ。あなたが朝昼と衣裳を変えるから仕事が増えて、しかも面倒なドレスばかりだって」

ララの言葉に豪華な衣装の女官はみるみる顔を赤くする。

「おや、よく知っていること。そうよ、私はアナベル。幼い頃から王族にも負けないくらい豊かな暮らしをしてきたのよ。パトリス様にふさわしいのはあなたよりも私よ」

アナベルの肌は真っ白で、手も艶やかだった。水仕事に荒れた自分よりパトリスの恋人としてふさわしいだろう。

(でも、パトリス様は私を選んでくれた)

その気持ちに応えたかった。

「とにかく放してください。泥棒だと言うなら私も申し開きがあります。私はあなたの服には指一本触れていないことは洗濯場の人なら皆知っているわ」

するとアナベルは鼻で笑った。

「洗濯場の女の言うことなんか信じられるはずがないでしょう。仲間をかばって嘘をつくに決まっているわ。どうせ皆隙あらば泥棒しているに決まっている」

悔しかった。洗濯場の女性たちは皆誇りを持って仕事をしている。王族の衣装を扱うリーズは金糸一本も服から取れぬよう細心の注意を払っているのだ。

アナベルに反論したかった。だが彼女の仲間に呼ばれた衛兵たちが近づいてくる。

「泥棒はあの女です。早く牢屋《ろうや》に入れて頂戴」

（私が邪魔なんだわ）

ようやくアナベルの意図を理解した。パトリスと密会していることを感づいた彼女が自分を排除しようとしているのだ。

そうしてパトリスに近づくつもりなのだろう。

近づいてきた衛兵はマルティーヌとアナベルを見て顔を見合わせる。

「泥棒と言うのは彼女ですか？」

「そうよ、早く捕まえて」

衛兵の一人が恐る恐るマルティーヌの腕を掴む。その感触にアンリのことを思い出して思わず手を振り払った。

「触らないでください！」

抵抗されて衛兵も気色ばんだ。

「歯向かうのか、やはり怪しいな」

強く腕を掴まれ引きずられそうになる。衛兵の背をララが叩いた。

「手を放しなさい！　私たちは……リュカ様と勉強しているのよ」

だが衛兵たちはマルティーヌを放さなかった。

「図書室のリュカ様といえど泥棒をかばうことは許されない。さあ、大人しく来るのだ」

マルティーヌは絶望した。どんなに自分が無実を訴えても聞いてもらえないと予感していたからだ。

（助けて、パトリス様）

いっそ王の名を出してしまおうか――だがそれは出来なかった。ララもリュカの名前しか出していない。

自分のために使うには恐れ多い名だった。

（どうしよう）

衛兵は容赦なく自分を連れて行こうとする。ララももう一人の兵に捕えられてしまった。

「お前もこの女の仲間だな。一緒に取り調べる」

「放しなさいよ！　あたしがなにをしたって言うの」

連れて行かれようとする二人をアナベルが微笑みながら見つめている。

だが、その表情が突然凍り付き、急に頭を下げた。

「やけに騒がしいが、どうしたのかな」

いつの間にか背後に立派な上着を来た人間が立っていた。口ひげを蓄えた壮年の男性だった。

「あっ、ジャコブ様……！」

衛兵はマルティーヌたちを放して平伏した。

（ジャコブ様……もしかして、国務大臣の）

王宮でジャコブと言えば一人しかいない。この国で王の次に権力を持つ国務大臣、ジャコブ・ド・ヴィルバンだった。マルティーヌとララも急いで頭を下げる。

「王宮の廊下でなにを騒いでおる。国王陛下の執務に差し支えるではないか」

「あの……そこの女官に訴えられたので」

衛兵に指示されたアナベルは思わず首をすくめる。

「お前は最近女官になったアナベルだな。いったいどうしたのだ」

ジャコブに問われたアナベルはそれだけで震えだした。

「私は……その女が、私のビーズを取ったと……思ったのです」

「それは確かなのか？」

「こ、この女官が証人です」

マルティーヌのポケットからビーズを取り出した女をアナベルが指さす。するとその女性も震えだした。

「あの、確かに、ビーズはありましたが、その女が取ったかどうかは……私は、ただ、ビーズを見つけただけで……」

しどろもどろで脂汗を書いている女官たちをジャコブはじっと見ていた。

「承知した。その洗濯女は私が調べよう。それでいいか」

アナベルたちは餌をつつく鶏のように何度も頭を下げた。

「もちろんでございます！　ありがとうございます」

「では持ち場に戻るがいい。せっかく女官に採用されたのだから、仕事に精を出しなさい」

アナベルと仲間はあっという間に消えていった。マルティーヌは黙ってジャコブの前に立っている。

「なんだ？」

「……あの、お取り調べは？」

するとジャコブが勢いよく笑い出した。

「わざわざビーズ一つのために私が取り調べをしなければならないのか？　あの女官を追い払いたかっただけだ」

ほっとした。これで解放される――だがジャコブは視線をマルティーヌから離そうとはしなかった。

「そなたがマルティーヌか？」

「は、はい」

「パトリス様はお元気かな」

一瞬思考が止まった。彼はなにを知っているのだろう。

「――分かりません。図書室ではリュカ様にしかお会いしないので」

　勝手にパトリスとのことを明かすわけにはいかない。自分はあくまでララと一緒に勉強しているのだ。

「そうなのか。最近陛下は午後になるとお部屋でお休みになることが多いのだ。お体でも悪いのかと心配しておるのだが……お世継ぎどころかまだご結婚もされていない身、大事にされなくては」

　それだけ言うとジャコブは立ち去った。マルティーヌとララは大きな息をつく。側にいるだけで威圧感のある人間だった。

「ああ怖かった、あんた大丈夫？」

　ララがマルティーヌに縋《すが》りつく。彼女の手はまだ震えていた。

「私は大丈夫よ。怖い目にあわせてごめんね」

　そう言うと友人は涙ぐんだ。

「本当に驚いた。牢屋に入れられて首を切られるかと思ったわ。あんたと王様のこと、もう噂になっているのね」

（そうだ）

　アナベルだけではない、国務大臣のジャコブも明らかに自分たちのことを知っていた。

（このまま隠しておけるだろうか）

不安を抱えたまま、図書室の扉を開けると――。

「ひゃ」

ララが思わず悲鳴をあげた。扉のすぐ側にパトリスが立っていたからだ。

「遅かったな。廊下が騒がしかったが、なにかあったのか」

背後でリュカが困った顔をしていた。

「外に見に行くとおっしゃって、お止めするのに苦労しました」

マルティーヌは簡単に事情を説明した。みるみるパトリスの顔が赤くなる。

「許せん、濡《ぬ》れ衣《ぎぬ》を着せてお前を投獄しようとするなんて……アナベルという侍女、私が処罰する」

マルティーヌは思わず彼の手を摑んだ。

「おやめください、なんでもなかったのですから……国務大臣のジャコブ様が助けてくださったのです」

「ジャコブ？」

彼の表情がさらにきつくなる。

「あの男に会ったのか？　なにか言われたか？」

彼の剣幕にマルティーヌは思わず口ごもる。パトリスはさらに強く詰問した。

「ジャコブが理由もなくお前を助けるはずがない。なにか言われたか？」

「いいえ、あの方は私が困っているところを助けてくれたのです。ただ、私がパトリス様と会っているのかと聞かれました」

「あの男も私たちの仲を知っているのか？　答えてくれ」

「……私はなにも言っていません」

とうとうマルティーヌは涙ぐんでしまった。どうすれば正解なのか、自分でも分からない。

「お二人とも落ち着いて、司書室でお茶でもどうですかな」

リュカが助け船を出してくれた。マルティーヌとパトリスは司書室で二人きり、温かいお茶を飲んだ。

「……今日は来るのが遅いから、心配したんだ」

パトリスがぽつんと言う。

「廊下でなにか騒ぎが起きているのは気づいていた。助けにいきたかったのに、出来なかった。私が行けばさらに騒動が大きくなるとリュカに止められた」

その判断は正しかった。あの場に国王が出ていったら、穏やかにはすまなかっただろう。

「情けない、お前を助けることが出来なかった……この国で一番力があるのに」

お茶のおかげで気持ちが落ち着いたマルティーヌはようやく微笑むことが出来た。

「私は出会った頃助けていただきました。それに勉強をさせてもらっています。それで充分ですわ」

パトリスはマルティーヌを抱き寄せようとする。だが一瞬体が硬くなった。

(自分は彼の側にいていいのだろうか)

もう国務大臣すら感づいているのだ。いずれ王宮中に知れ渡るに違いない。

王妃や側妃になれる身分ならともかく、孤児の自分がいつまでも彼の側にいてはいけないのではないだろうか。

(アナベルだって、私が同じ女官だったらあんなことしなかったわ)

正規の女官として採用された女だったら、彼女もあそこまでのことはしなかっただろう。

孤児の身で王の側にいる女だからこそ怒りを買ったのだ。

「もう噂になっています。これ以上続けたらパトリス様の名に傷がつきますわ」

彼にふさわしい女性と愛をはぐくんで欲しい、そう言いたかった。

だがその言葉の前にパトリスはマルティーヌを抱きしめる。

「怖がらせて悪かった。もう決してこんな目には遭わせないから、私の側を離れるな」

「でも」

「私の心が動くのはお前だけだ。他のことは考えなくていい」

(嬉しい)

理性とは裏腹に、パトリスの気持ちが嬉しかった。

彼と離れるべきだと分かっているのに、弱い毒のように彼の言葉が体に染み渡って身動きが取れない。

「パトリス、様……」

長い腕に絡めとられている。蜘蛛《くも》に掴まった蝶《ちょう》のよう。

甘い毒を注がれ、彼に食べられる――。

「可愛くて仕方がない」

優しく口づけをされた。彼の舌が唇の内側に触れると、全身の力が抜けてしまう。

「あ……」

パトリスの顔は首筋からどんどん下へ移動していく。

「パトリス様、なにをされるのです……？」

彼はワンピースを捲り上げ、ズロースの紐をほどいた。

「お前に私の跡をつけたい」

服の中で下着を脱がされると、誰にも見せたことのない肌が空気に触れた。思わず足がすくんでしまう。

「怖いか？」

「はい……」

今日、ここで抱かれるのだろうか。まだ気持ちがついていかない。

「大丈夫だ、お前を傷つけるようなことはしない。ただ、私を忘れられないようにしたい」

彼を忘れるなどありえないのに、いったいなにをしたいのだろう。

「あ、そんな……」

パトリスがワンピースを捲り上げて膝にキスをする。国王が自分の足に唇をつけていることが信じられない。

「いけません、そんな」

抵抗しようとしたが、両方の膝をしっかりと摑まれて逃げられない。

「もっと、見せてくれ」

そのまま腿を開かされた。恥ずかしさで思わず顔を覆ってしまう。

「や……！」

熱い息が内腿《うちもも》にかかった。一度も日に当たったことの無い、柔らかな皮膚にパトリスの唇が吸い付く。

「なんて薄い皮膚なんだ。すぐ下に骨がある」

分厚い舌が腿の上をなぞった。ぞくぞくという感触が全身を走る。

（いけない）

彼の膝で擦られた時の感触が湧き上がってきた。すぐ側に彼の顔があるのに――。

「感じてきたようだ」

触れていないのに、自分の体が熱くなっていることを知られてしまった。

「放してください……」

なにかが溢《あふ》れてくる、それを彼に見られたくない。

だがパトリスはマルティーヌの腿をさらに大きく開かせる。

「全て私に見せなさい。お前の隅々まで愛してやろう」

服は腰のすぐ下まで捲り上げられ、もう少しで足の付け根にある柔毛まで見えそうだ。

「あ、あ……」

恥ずかしさと困惑でマルティーヌは身動きも取れなかった。どうするのが正解なのか、それすら分からない。

「お前はどこもかしこも綺麗だ――」

そう言いながら彼の指が腿の付け根にかかる。

「ひゃんっ」

小さな悲鳴を上げてしまった。とうとうそこが暴かれてしまう。

「小さい、可憐《かれん》な花だ」

自分のそこがどうなっているのか、自分でも分からない。

「見ないでください……」

汚れてはいないだろうか、そればかりが気になった。

「ここに私の徴をつける」

そんなところにパトリスは口づけをしようとしていた。

「駄目……！」

マルティーヌは足を閉じようとする。だがすでにパトリスの頭が入り込んでいた。内腿に彼の硬い髪を感じる。

「あ、あ……」

一番恥ずかしいところに息がかかる、そして――。

「ひ……！」

悲鳴を上げそうになって必死に口を押さえる。分厚い扉を通して隣に聞こえるほどの声が出そうだった。

体の中心、今まで奥に隠されていたところが暴かれている。

パトリスの舌が、ぬるぬると狭いところへ入り込んできた。

「ふああ……やんっ……」

勝手に腿に力が入ってしまう。小さな花弁を舌でなぞられるたびにびくっと体が震える。

「濡れている……」

濡れているというのはどういう意味なのだろう。体の中心が熱いことと関係があるのだろうか。

「女は男を受け入れる準備が出来ると、ここが濡れてくる。少し蜜が出ているが……もう少し濡らさなければ」

パトリスはさらに口づけを続ける。そこをとろとろと掻《か》き回《まわ》されると、体が勝手に高まっていく。

「あ、なに……なんなの……？」

舌の先端が一点を捉える、不意に快楽の塊が膨れ上がった。

「やう……そこ、変なの……」

自分の中にいつの間にか、こりこりとした小さな塊が出来ている。パトリスはそこを執拗に攻めた。快楽の大きさが耐え切れないほど膨れ上がる。

「お願い、許して……」

マルティーヌは必死に懇願した。これ以上刺激されたらおかしくなってしまいそう。

パトリスは細い腿をしっかり摑んで離そうとはしなかった。

「もう少しだ、もう少し――」

舌の動きがそこを擦るように動く、優しく巻き付いてちゅうぅっと吸い上げた。その瞬間、マルティーヌの腰が大きくのけ反る。

「きゃうっ……！」

ぶるっ、という衝動が全身を駆け巡った。気が遠くなるほどの快楽に脳を支配されている。生まれて初めての経験だった。

（いったい、なにが起こったの……）

男女の行為というのはお互いが裸になって、男性のものが自分に入ると教わった。だが
この行為はまったく違う。

最初は痛いと教えられていたのに、まったく痛くなかった。

それに、雲の上にいるようなこの感覚――。

「ちゃんといけたようだ、良かった」

パトリスはマルティーヌの体から離れると一旦立ち上がった。

「いく……？」

「自分の体から快楽が湧き上がることだ。これが出来なければ本当に繋がることは出来ない」

彼はワンピースの裾を整えるとマルティーヌを抱き寄せる。

「放したくない」

パトリスがぽつんと言う。

その言葉が今だけのものでも、マルティーヌは幸せだった。

実現しないとしても、彼の気持ちは本物だったから。

「……私は、陛下の全てが欲しい、いけませんか」

彼の腕の中で反転する。濡れ濡れとした男のものが腿に当たった。それは未だやや硬さを保っていた。

「永久にいることが出来なくても、今だけはパトリス様と繋がりたいのです」

恥ずかしかったが思い切って打ち明けた。彼と、本当の意味で恋人になりたかった。

パトリスはそんなマルティーヌの体を強く抱きしめる。

「私の気持ちはお前と一緒だ」

嬉しかった。自分の一方的な気持ちではなかった。

「だが、もし子供が出来たらもうおまえはただの恋人ではなくなる。私の運命に巻き込んでしまうのだ。それは決して幸せなことではない。お前を悲しい目に遭わせたくない」

マルティーヌは彼の胸の中で顔を上げた。

「もし陛下の子供が出来ても、国王の子として育てなくてもいいのです。私が一人で育てますわ」

孤児院に戻り、裁縫の仕事をしながら自分の子を育てる。マルティーヌはそこまで考えていた。

「いつか陛下は奥様を娶られるでしょう。それが国民の願いですもの」

それを考えるだけで目尻が熱くなる。

「パトリス様が奥様と愛し合う、その邪魔をしたくないのです。一人になるのはつらいけど、子供がいたらきっと楽しいわ。決してお名前は出しません……」

不意に口づけをされ、それ以上言葉を続けることが出来なかった。

「そんなことを考えるな」

彼の声は力強かった。

「私はお前を手放すつもりもない。それに、自分の子供が父親を知らぬまま育つようなことをもさせたくはない」

強く抱きしめられると、別れの決意も薄れてしまう。

「もし子供を作るとしたら、お前がなんの心配もなく産めるような環境になってからだ。それを私が作る、きっと。信じて欲しい」

マルティーヌは涙ぐみながら彼の胸に顔を埋めた。

「申し訳ありません。自分のことしか考えていませんでした……陛下のことを信じますわ」

彼は自分のことを考えているからこそ、最後まで抱かないのだ。

それを不安に思うのは、彼との未来を信じられなかったから――。

いずれ彼に捨てられる、その代わりに子供を望んだ。

(私はなんてことを)

そんな風に作られる子のほうが可哀想だ。

「赤ん坊は望まれて、明るい日の下で生きていって欲しい。どんな子供でも」

パトリスが優しく髪を撫でてくれた。

(優しい方)

未来のことを考えるのはもう止めた。

この優しさを、今しっかりと受け止めていたい。

アナベルは結局王宮を去ることになった。

「国務大臣に目をつけられたらおしまいよね」

「婚約者とよりを戻そうとしたけど、相手はもう結婚していたらしいわ」

洗濯場の女たちが噂話《うわさばなし》をしている。マルティーヌはそれを黙って聞いていた。

「いい気味よ、マルティーヌに濡れ衣を着せて牢屋に入れようとしたのよ。そうでしょ？」

リーズに話を振られてマルティーヌはあいまいに頷いた。

「ええ、でもそのことはもういいんです。ジャコブ様に助けていただいたので」

リーズはマルティーヌの肩を抱えるようにして部屋の隅にいくと、耳元で囁く。

「ねえ、あんたがパトリス様の想い人だって、本当なの？」

どきどきしながら首を横に振った。

「私はララと一緒に勉強しています。図書室には先生のリュカ様と三人しかいませんわ」

リーズはさらに耳元に唇を寄せる。

「いいから、もし本当なら私にだけは打ち明けておくれ。あんたが騙されていないか心配なんだよ」

「騙す？」

自分がなにを騙されているというのだろう。

「もしパトリス様があんたを気に入っているなら、正々堂々と側妃にすべきなんだよ。孤児だってなんだって、貴族の養女にすればいいんだから」

胸が痛くなった。リーズの言葉はマルティーヌの不安を揺さぶる。

「だから、パトリス様が本当はあんたと出来ているのにそれを秘密にしているということは、あんたをただ弄びたいだけなんじゃないか、それを心配しているんだよ」

心臓が痛くなる。パトリスはそんな男ではない――そんな反論すら出来ないのだ。

（どうしよう）

その時背後からララが話しかけた。

「リーズさん、信用してください。マルティーヌは本当に私と勉強しているだけなんです。二人ともずいぶん単語を覚えたんですよ」

リーズはそれでもまだ疑っている。

「そうかい？　マルティーヌはあんまり勉強が進んでないようだけど。Ｂの単語を言ってみてごらん」

マルティーヌはおどおどと返事をする。

「私、物覚えが悪くて……」

ララも助け船を出してくれる。

「そうなんですよ、私が一度で覚えるものもこの子は何度も書かなきゃ覚えられないの。困っちゃうわ」

リーズはまだ疑いの目を向けているが、ようやく解放してくれた。

「それなら良かったけど、なにか困ったことがあったらすぐ私に言うのよ。洗濯場のリーズと言えば顔が広いことで有名なんだから」

王宮の洗濯物を一手に引き受けるリーズは知り合いが多かった。マルティーヌとララは揃《そろ》って頭を下げる。

「よろしくお願いします」

その夜、二人でベッドに入った時にマルティーヌはララに礼を言った。

「話を合わせてくれてありがとう」

ララはくすくすと笑う。

「いいのよ、あんたがいないからあたしはおやつを二人分食べられるんだから。今日はバターがたっぷり入ったサブレだったわ」

二人はひそやかに笑いあった。

「でもリーズさんの言うことも一理あるわ。なんでパトリス様はあんたをおおっぴらに側妃にしないのかしら。まだ結婚もしていないのだから誰にも遠慮することなんかないのに」

そのことはずっと考えていた。パトリスは何故、自分のことを隠すのだろう。

（でも）

「いいの」

静かにそう答えた。

「私は陛下を信じることに決めたの。あの方は私を大事にしてくれている。表ざたに出来ない理由があるのよ。それを明かすことが出来ないなら、私は待つわ」

ララはぎゅっとマルティーヌの腕に掴まる。

「いいなあ、そんなに愛されて」

「愛されているかどうか、分からないわ。ただ、私はパトリス様を愛しているの」

孤独の中にいる王。

彼に触れられるのは自分だけだ。

この陶酔のためだったら秘密を守ることなんかなんでもない。

「そんなに愛せる人と出会えて羨ましい。私にはそんな人が現れるかなあ」

「きっとララにも恋人が出来るわ。いい人だもの」

孤児院を出てからララと助け合って生きてきた。今は心を許せるのはパトリスとリュカ、それにララだけだった。

(彼女が一緒で良かった)

自分とパトリスとのことを知っている人間が一人はいる。それだけで心が慰められた。


しばらく日々は静かに過ぎていった。

パトリスは噂になることを恐れ、図書室での逢瀬は少し回数を減らした。それでも一週間に二回は会っている。

「昨日はお前の顔を見られずに寂しかった」

長椅子の上でただ彼の手足に抱きしめられている。繭の中の蛹《さなぎ》のようにマルティーヌはじっとしていた。

「お前を抱いているだけで温かい気持ちになれる」

「私も……」

燃え上がるような快楽もいいが、こうしてただ抱き合い、熾火《おきび》のような熱さを与え合うことも心地よかった。

（ずっと、こうしていたい）

服を伝って彼の体温が感じられる。

「ずっとこうしていたい」

自分の思いと同じことをパトリスが口にした。思わず彼の胸に顔を埋める。

「どうした？」

「パトリス様と同じ気持ちだから……」

昼も夜もずっと側にいたい。眠りに落ちる寸前まで彼の横にいたかった。

（そんなことは出来ないけど）

パトリスの側で眠れるのは、選ばれた女性だけだ。身も心も信頼できる、そんな女性でなくては。

（私はそんな存在になれない）

家柄どころか親族もいない、孤児の自分は彼の唯一の女にはなれない。

側妃にはなれるかもしれないが、一生日陰の身であることには変わりなかった。

愛する人を誰かと共有する——想像するだけでつらい。

（なら、今だけでいい）

「お前の肌は気持ちいい……」

パトリスの息が熱くなった。

（これだけでいい）

二人で愛し合った記憶、それがあれば自分は生きていける。

（もしパトリス様が妻を娶ったら）

自分は姿を消そう、そう決意していた。

秋が近づいてくる。王宮の窓から見えるポプラの木も色づいてきた。

「毎年秋になると国王陛下は地方に狩りに出かけ、一か月ほどお戻りにならない」

そう聞かされてマルティーヌはがっかりした。そんなに長く彼と会えないなんて。

「しょうがないから頑張って勉強しよう。あたしはもうかなり単語を覚えたわよ」

「ええ、そうね……」

パトリスは狩りに、本当に信頼できるものしか連れて行かないらしい。大臣たちも同行を許されない。

「変わり者なんだよ」

リーズが洗濯物を畳みながら言う。

「パトリス様がお側に置くのは馬丁の男、長年側にいる侍従、それに図書室のリュカだよ」

リュカの名が出たので思わず胸が高鳴る。

「でもリュカは歳なので狩りには同行しないそうよ。男だけ三人で狩りにいってなにがおもしろいのかしら」

（どうして）

パトリスは人を側に寄せ付けないのだろう。

「国務大臣のジャコブ様が皆をまとめているからなんとかなっているけど、あんな国王で大丈夫かしら」

秋の狩りは本来国政を担う大臣たちとの交流も目的だった。それなのにパトリスは自分と家来だけで出発してしまうのだ。

「ジャコブ様はお優しいですものね。私たちも助けていただきました」

黙り込んでいるマルティーヌの代わりにララがリーズに答えた。

「そうよ、以前は普通の貴族だったんだけど、十数年前に先の国務大臣が急に亡くなって急遽《きゅうきょ》代わりになったのがジャコブ様よ。当時は三十歳になったばかりでお若かったけど、見事役目を果たされているわ。今この国はジャコブ様で持っているようなものよ」

リーズにパトリスを批判されて胸が痛くなる。

（そんな人じゃない）

そう思いたかった。自分にはあんなに優しいのに。

物思いに耽《ふけ》りながら図書室への廊下を歩いていると、不意に肩を摑まれた。

「お前か、パトリス様を誑《たぶら》かしている女は！」

振り向くと白髭《しらひげ》の男性がいた。胸にはいくつも勲章をつけている、軍人のようだ。

「なんのお話ですか、私は」

「黙れ！　私を誤魔化《ごまか》すと切り捨てるぞ」

彼は腰のサーベルに手をかけた。マルティーヌとララは震えあがる。

「なんですか！　私たちは図書室で勉強をしているだけです」

ララが自分の代わりに答えてくれた。マルティーヌは恐怖で山が動かない。

「誤魔化すな、国王陛下の狩りにお前が同行するという噂が流れているぞ」

（えっ）

信じられなかった。信用できる人間しか同行を許されない秋の狩りに、自分が？

「そんな話聞いてませんわ。私たちは王宮で沢山仕事があるのです。陛下がお留守の間にカーテンを全部洗うんですから」

そうだ、確かにリーズはそう言っていた。マルティーヌも急いで頷く。

「彼女の言うとおりです。今まで国王陛下と二人きりでお会いしたこともありませんし、あの方がお留守の間はただ仕事をしているだけです」

それでも彼はきつい目でマルティーヌたちを睨《にら》みつけていた。その時背後に気配を感じる。

「リュカ様……」

振り向くとリュカがそこに立っていた。彼を見た軍人の男はようやく表情を和らげる。

「リュカか、この女たちは本当に勉強をしているだけなのか。パトリス様と密会をしているのではないか」

彼はゆっくり首を横に振った。

「いいえ、二人とも私と勉強をしているだけです」

リュカと軍人はしばらくにらみ合っていた。

「……パトリス様が我々を遠ざけるからいらぬ噂を呼ぶのだ。お前から陛下に進言しろ、忠実な臣下を側に置き、妻を娶れとな」

ようやく彼は背を向けて立ち去った。マルティーヌとララは大きく息をついた。

「ああ、怖かった」

「恐ろしかったでしょう、彼は軍務大臣のオノレだよ」

軍務大臣オノレ・ド・アルノアは先王からの忠実な臣下だった。だがパトリスとは上手くいっていないらしい。

二人はリュカと共に図書室へ入った。今日はパトリスは忙しく、こちらには来られないということだった。

「……陛下は、どうして」

人を近づけないのだろう、疑問だったことをマルティーヌはリュカにぶつけた。

「……早くに母上と父上を亡くされたので」

「それだけですか？　親がいないのは私たちも同じなのに」

両親が不在でも慈しんでくれた孤児院の修道女、友人のララがいたから自分は寂しくなかった。

パトリスにそんな人はいなかったのだろうか。

「いらっしゃいました」

リュカにそう尋ねると簡単な返事が返ってきた。

「それはリュカ様のこと？」

彼はゆっくり首を横に振る。

「私はただの教師だよ。パトリス様には、お側について父親のように導き、母親のように慈しんでいた方がいたんだ」

いた、と過去形なのはどういうことなのだろう。

「どんな方だったのですか」

「男性は騎士だったよ。若い頃は諸国を旅していて、強くかしこい男だった。気持ちのいい人間でね」

　彼は懐かしむように目を細めた。

「女性はある身分の高い女性だった。生まれてすぐ母親を亡くしたパトリス様を気遣って、まるで本当の母のように接してくださっていたよ。よくそこの椅子に二人並んで座り、本を読んで差し上げていた」

　彼は窓辺の椅子を指さした。マルティーヌには幼いパトリスが女性と二人、本を覗き込んでいる様子が見えるようだった。

「……その方も、いなくなってしまったのですか？」

　彼は静かに頷く。

「まだパトリス様は十歳だった。皆いなくなってしまったのだよ」

「どうして？　ご病気だったのですか」

　いくら聞いてもリュカはそれ以上答えようとはしなかった。

「噂は沢山流れていった。でもどれが本当か分からないんだ。きっとパトリス様も同じ気持ちなのだと思う」

　それ以上リュカはなにも言わなかった。マルティーヌもう、なにも聞けなかった。

（お可哀想）

　この国で一番恵まれている人が、一番欲しい人を奪われていたなんて。

「お二人がいなくなってからパトリス様はしばらく自分の部屋に引きこもっていた。二年後父上が亡くなり——いつの間にか、人を寄せ付けぬ王になっていたのだよ」

（どうして）

パトリスの父替わり、母替わりだった人はいなくなったのだろう。

そこに彼の苦悩の秘密が隠れているのかもしれない。

（知りたい）

マルティーヌの胸に熱い情熱が宿っていた。


まずはリーズに尋ねてみた。自分の知るかじり、一番王宮のことを知っている人間だったからだ。

「パトリス様の世話係？」

リーズは声を潜めてマルティーヌとララを部屋の隅に連れて行った。

「めったなことを言うんじゃないよ。その話は王国最大の醜聞だったんだから」

「いったいなにがあったんですか？」

ララが身を乗り出して聞き耳をたてた。

「パトリス様がまだ幼い頃、怪我でお倒れになった国王の代わりに国を取り仕切っていたのは先の国務大臣、ダヴィッド様さ。その奥様がオレリーと言って、パトリス様の母親代わりだった」

美しく優しいというのは彼女のことだろう。

「パトリス様は六歳から剣の稽古を始められた。教師として抜擢《ばってき》されたのがルイという騎士だよ。遠くの国の貴族の息子で、諸国を旅していたところを先の国王に気に入られ、この国に仕えることになった。病気がちな自分の代わりに息子を鍛えてくれる人間が欲しかったんだろう」

ルイという騎士はパトリスに様々なことを教えた。剣だけではなく馬術、一人で森で生きる術、遠くの国の話など――。

「パトリス様はルイのおかげで逞しく成長された。皆があの方の行く末を楽しみにしていたのよ」

「それが、どうして……」

リーズの目が怪しく光る。

「オレリー様とルイが、男女の仲になってしまったんだよ」

「そんな！」

オレリーは身分の高い女性で国務大臣の妻だったのではないのか。

「二人はパトリス様の世話をするうちに親しくなったらしい。もともとルイは美男子で人気があったからね……そしてある夜、とんでもないことが起こったんだよ」

「それはなんです？」

リーズは首を横に振る。

「これ以上は私の口からは言えないよ……それほど恐ろしいことが起こった、酷すぎて公表すら出来なかったんだ。国務大臣のダヴィッド様とオレリー様、ルイは消え、ジャコブ様が後を継いだ」

そうだ、あの優しいジャコブは確か十数年前に国務大臣になったと聞いたことがある。

「……パトリス様は、悲しまれたでしょう」

図書館を訪れた時リュカに尋ねた。彼は黙って頷く。

「あの方の嘆きは大変なものでした。オレリー様とルイという二人の支えを失い、やがて長く患っておられた父君も亡くなりました。一年の喪が明けたのち、パトリス様は国王に即位されましたがその後誰とも親しくされなかった。執務に必要な会話を交わすともう一人になってしまう。王宮での舞踏会ももう何年も開かれていないんだ」

胸が痛くなった。この国で一番豪華で美しい屋敷が、そんな陰鬱な雰囲気に覆われているなんて。

「女官を新しく募集したのもジャコブ様の提案だった。パトリス様のお気持ちを少しでも和らげるためだよ。恋人が出来れば前向きになってくれるのではないかと……それは成功したがね」

リュカの言葉にマルティーヌは頬を染める。

「私が恋人なんて……でも、あの方のお気持ちを少しでも和らげられたのなら良かったですわ」

ララはリュカに詰め寄った。

「パトリス様はいつまでこのままなのですか？　マルティーヌが可哀想、自分たちの関係をおおっぴらに出来ないなんて」

「やめてよ、ララ」

自分は二人の関係を表ざたにしたくはなかった。正式な妻ならともかく、側妃の立場にはいたくない。

ならば二人の関係が終わった時には誰にも知られず密かに王宮を去りたかった。

自分の考えを二人に伝えるとララは目を丸くする。

「なんでそんな風に考えるのよ！　国王の側妃ならどんな贅沢でもし放題、男の子が産まれたら将来の国母よ。孤児だったことなんか誰も思い出さないわ」

「私もそう思うよ。国王に妾がいるのは当たり前なのだから、このままパトリス様の側にいてあげなさい」

そう言われても、どうしてもマルティーヌはそちらに進めない。

（私が好きになったのは、あの方一人）

馬小屋で一人座っていた彼。

誰だか知らなかった、あの時に好きになっていた。

その気持ちを大事にしたかった。

（妾として側にいたら、この気持ちが濁ってしまう）

純粋な愛情も、誰かと彼を共有することで歪み、汚れてしまう気がした。

そんな風になるなら、いっそ離れた方がいい。

どんなに時間が経っても自分はパトリスのことを覚えているから。

この気持ちをララやリュカに伝えられる自信がなかった。だからマルティーヌはあいまいに笑うだけだった。

「もしパトリス様が妻を娶っても負けちゃ駄目よ。あたしがいつかこの国で一番豪華なドレスを作ってあげるから、それをきて舞踏会に出るのよ」

自分がパトリスの正式な妻になり、ララの仕立てたドレスを着て舞踏会に出る、そんな未来があったら――。

（夢ね）

それは蜂蜜のように甘い夢で、だからなかなか脳裏から去らなかった。

（夢だわ）

六　真実へ

パトリスが秋の狩りに出かけた。地方を回り、一か月は帰らない。

心なしか王宮の人間もゆるんでいる。洗濯場の女性たちも私語が多かった。

「さあさあ、今日は王宮のカーテンを外すんだよ。マルティーヌ、ララ、あんたたちは脚立を倉庫から持ってくるんだ」

「はい」

二人で洗濯室を出ようとした時、侍従が一人訪ねてきた。

「マルティーヌとララというのはお前たちか」

「は、はい」

見慣れぬ侍従だった。いったいなんの用だろう。

「お前たちは王が留守の間、ある貴族の屋敷を清掃してもらう」

「貴族って、どなたですか」

「ド・ボアだ。今は誰も住んでいない。二十年近く空き家なのだ」

ド・ボアの名を聞いた途端、背後のリーズたちが息を呑《の》む気配がした。

「誰も住んでいないお屋敷を綺麗にすればいいのですね」

「そうだ、溜まった埃を払い、空気を入れる程度でいい。ド・ボア家が断絶した後、屋敷は王家が引き取った。いわば王の財産だ。きちんと手入れするように。これはパトリス様直々の御命令《ごめいれい》だ」

侍従が去った後、リーズたちが集まってきた。

「ド・ボア家の屋敷に入るの？　あそこはもう長い間誰も住んでいないのよ」

「どんな方が住んでいたのですか？」

マルティーヌの問いにリーズは一旦口を止める。

「……前の国務大臣、ダヴィッド様と奥様よ」

二人は息を呑んだ。リーズから聞いたばかりの名前ではないか。

「……お亡くなりになったんですよね」

「そうよ」

彼女はそれ以上なにも答えなかった。他の人たちも不自然に目を逸らす。

（どうして私たちなのだろう）

パトリスの親代わりだった女性の屋敷、ずっと昔にいなくなってしまった人の家。

そこを掃除させる理由はなんなのだろう。

躊躇いながらマルティーヌとララは翌日、ド・ボアの屋敷へ向かった。

王宮の裏から馬車で出発し、街をしばらく走る。やがて長い塀に囲われた大きな屋敷が見えてきた。

「わあ、素敵」

王宮よりはもちろん小さいが、美しい庭と三階建ての美しい屋敷が現れた。御者が鉄の門を開き、馬車がファサードに到着した。

「お前たちはここに泊まりこむんだ」

「ええ？」

不意にそんなことを言われてマルティーヌは驚いてしまった。

「お前たちのためにいちいち王宮とここを往復するのは面倒だ。屋敷の中には以前使用人たちが使っていた寝台も台所用品もある。井戸もちゃんと使える。食料は一週間分置いておくから自分たちで作れるだろう」

馬車から御者が一抱えもある箱を玄関に運ぶ。中にはパンやジャガイモ、干し肉がたっぷり入っていた。

「では、頼んだぞ」

王宮の馬車は去り、広大な屋敷にマルティーヌとララが取り残される。しばらくぽかんとしていた二人だったが、徐々に気持ちが湧きたってきた。

「ねえねえ、林檎《りんご》もバターも砂糖もあるわ。早く台所に運んで焼き林檎を作らない？」

ララが弾んだ声を出した。二人で食料品の箱を地下にある炊事場に運んだ。

そこには鍋や竈《かま》がきちんと揃っていた。長年使っていなかったので埃は積もっているが、しっかり油を塗ってあったのか銅の鍋は錆《さび》てはいない。

「わあ、薪《まき》も沢山あるよ」

炊事場の隅にはよく乾いた薪が山と積まれていた。竈に入れ火をつけて、暖まったところで穴にバターと砂糖を詰めた林檎を入れる。やがていい匂いが漂ってきた。

「いただきまーす」

湯気を立てている焼き林檎を二人で食べた。

「なんだか、自分の家みたいだね」

ララが微笑む。マルティーヌも嬉しかった。

「うん、ここにいるのは私たちだけだもんね」

子供の頃からずっと孤児院で暮らし、自分の部屋を持ったことはなかった。王宮に来ても寝台は二人で共有している。

だがここでは女官用の部屋も沢山あった。寝台と小さな机のある部屋が全部空なのだ。

二人は廊下を走り回って探検した。

「あたしこの部屋にする！　沢山あるから一人一部屋ね」

「一人で寝るなんて怖いわ。二つ寝台がある部屋にしましょうよ」

「もう、マルティーヌは怖がりなんだから」

大騒ぎしているうちに日が暮れてきた。なにもしていないのに夜になりそうだ。

「暗くなる前に屋敷の中を見てきましょう。明日から掃除をしなければ」

真ん中の廊下を挟んで左側をララ、右側をマルティーヌが見ることにした。一階は大きなホールやティールームがある。

二階には主寝室らしい、大きな寝台のある部屋があった。

（あ）

その壁には一枚の絵がかかっている。立派な髭を蓄えた壮年の男性が椅子に座っている絵だった。

（この人がダヴィッド様）

隣の部屋は妻の部屋だろうか。華麗な壁紙に鏡台があった。

だが、そこには一枚も肖像画がかかっていなかった。

壁の絵がかかっていたであろう場所に四角い跡がついている。

（外されたんだわ）

胸が痛んだ。パトリスが母と慕う人の存在が丸ごと消されてしまったようだ。

（きっと、悲しかったはずだわ）

たとえ死んでも、その人の記録が残っていれば忍ぶ縁《よすが》になる。まるで埃をぬぐうように消されてしまったら、残された人間はさらに悲しみが深まるだろう。

(どんなにお寂しかっただろう)

まだ十歳だったというパトリス、自分の親代わりだった人を突然失ったのだ。

(心が凍るのは当然だわ)

人間不信になり、頑《かたく》なになっても仕方ないのではないだろうか。大事な人を奪われてしまったのだから。

(あの方を、どうやって融かせばいいのだろう)

これほどの悲しみを自分が癒《いや》すことが出来るだろうか。とても自信がなかった。

憂鬱に沈みながらその部屋を出て、向かいの扉を開ける。

「あっ」

思わず声が出てしまった。目の前に広がる景色は想像とまったく違っていた。

そこは庭に面した部屋で、晴れた日の昼間ならきっと明るい陽光が差し込むであろう、大きな窓がついていた。今は夕日の光で橙《だいだい》色に照らされている。

部屋の壁際にあったのは、小さな柵付きの寝台、小さな木馬、精巧なままごと用の食器、小さなレースのガウンが椅子の背にかけてある——ここは子供部屋だ。

（お子様がいたんだ）

まったく予想していなかったが、ド・ボア家に子供がいてもおかしくはない。寝台から推察すると、まだ赤ん坊だったのだろうか。

（可愛がられていた）

よく見ると壁は優しい桃色に塗られていて、小さな花が描かれている。ここにいた赤ん坊は女の子だったのだろう。

（その子はどこにいったのだろう）

ぞくぞくと寒気がする。親だけではなく子供も消えてしまった。いったいここでなにが起こったのか。

『酷すぎて公表すら出来なかった』

リュカはド・ボア家のことをそう言っていた。それは不倫をしたオレリーだけではなく、赤ん坊も巻き込まれたということなのか。

（怖い）

急に恐怖が襲ってきた。この屋敷にはまだ恨みのある霊が漂っている気がする。早くララのところへいこう、マルティーヌは扉の方を振り返り、凍り付いた。

薄暗い中、誰かが扉の側に立っていたからだ。

「誰？」

震える声で尋ねる。その人間はゆっくり近づいてきた。

「ここはオレリーの娘の部屋だ」

飛び上がるほど驚いた。目の前に立っていたのは、遠くにいるはずのパトリスだったからだ。

「どうしてここに?!」

彼はマルティーヌの側に立つと、そっと引き寄せ抱きしめる。

「ここには私の幸せな記憶が詰まっている。お前を連れてきたかったんだ」

沢山聞きたいことがあるのに、咽喉が詰まって言葉にならない。

（パトリス様）

彼にも温かい思い出はあったのだ。それを知って心が安らいだ。

「……狩りに行ってらしたのではないですか？」

抱きしめられたままマルティーヌは尋ねた。

「私の代わりに馬丁を置いてきた。ここでお前と会うために」

ではド・ボア家の掃除はこの逢瀬のためだったのか。

「リュカ様から聞きました。オレリー様と言う方があなたの母親代わりだったと。でも、とても恐ろしいことがあってオレリー様も夫のダヴィッド様もいなくなってしまった。赤ちゃんもいたのね。ここにいた人たちはどこへ行ってしまったの？」

矢継ぎ早に喋《しゃべ》りだしたマルティーヌの唇をパトリスはキスで塞いだ。

「それは夕食の席で教えてあげよう」

　窓の外はもう夜の闇に近づいていた。

「ではすぐ準備いたしますわ。廊下の燭台《しょくだい》にも蠟燭をさして明かりを灯さないと」

　ここには自分とララしかいない。急いで働かなければ――そう思って廊下に出たマルティーヌの足が止まった。

「あ、どうして……」

　長い廊下の壁についている燭台にはすでに蠟燭がさされ火がついていた。

（いつの間に？）

　ララが一人でしたのだろうか。その想像はすぐ覆された。廊下の向こう側、階段の向こうの部屋からララが現れたのだ。彼女も目の前の風景に驚いているようだった。

「どういうこと？　マルティーヌ、あんたがやったの……え、パトリス様⁉」

　おろおろしている二人の前に三人の女官が現れた。皆壮年といっていい年齢だった。

「初めまして、私たちは以前、ド・ボア家に仕えていたものです」

　こめかみに白いものが交じる女官はマルティーヌとパトリスに向かって深々とお辞儀をした。

「では、オレリー様を知っているのね」

女官はしっかりと頷いた。

「肖像画は無いのですか？　お部屋に一枚もかかっていないの。全て処分されたんですか」

するとパトリスがマルティーヌの肩を抱いて歩き出した。

「それは私が見せてあげよう。ジャンヌ、燭台を貸してくれ」

マルティーヌにお辞儀をした女官はジャンヌと言うらしい。彼女が持っていた三又の燭台を持ち、パトリスはマルティーヌと共に歩いていく。

階段を登り三階に来た。廊下の隅に梯子段《はしごだん》がかかっている。

「こっちだ。気をつけて」

マルティーヌはパトリスに導かれて慎重に登る。そこは屋根裏部屋で、物置に使われていた。

「オレリーの肖像画は、ここだ」

天井の低い部屋の隅に四角いものが立てかけてあって、白い布で覆われていた。パトリスが布を取ると大きな絵が現れる。

「ああ……」

美しい女性が描かれていた。

金髪の髪に薔薇を飾っていた。瞳は少し暗い緑の色だった。

微笑む唇は小さな花弁のように可憐だった。美貌だけではなく、優しさがにじみ出ている。瞳の色に似合う、緑のドレスを着ていた。ローブ・ヴォラントというゆるやかな形で、袖口はレースのアンガジャントで縁どられている。

「綺麗な人」

パトリスもしばらく黙って絵を見つめていた。

「リュカ様から話を聞きました。この方が、騎士と——だから絵を外されてしまったのですか？」

彼はなにも答えなかった。

「……ごめんなさい、嫌なことを聞いて」

ゆっくりとこちらに向けたパトリスの表情は柔らかかった。

「いや、いいのだ。彼女のことを話すつもりでお前をここに呼んだのだから。食事の席で教えてやろう」

「はい」

「では、着替えてこい」

「え、着替えるのですか」

梯子段を降りるとジャンヌが待っていた。

「マルティーヌ様、こちらへ」

年上の彼女から敬語を使われるのは面はゆかった。

ジャンヌはマルティーヌを二階、オレリーの部屋の隣に連れてきた。以前は衣装部屋だったそこもがらんとしている。彼女はクローゼットから一着のドレスを取り出した。

「それは」

間違いなかった、さっき肖像画で見たばかりのローブ・ヴォラントだ。美しい緑の布が輝いている。

「オレリー様のものは全て燃やされてしまったのですが、これだけは私が密かに隠していたのです。奥様のお気に入りでしたから」

そっと触れると、その布は信じられないくらい滑らかだった。

「この生地は？　とっても薄くて滑らかだわ」

「絹ですよ。東方から運ばれた布を使っております」

これが絹なのか、想像よりずっと柔らかかった。

「私の衣装箱にしまい込んでいましたが、毎年風に当てておりましたので黴《かび》もついておりませんよ」

確かにそうだ。ずっと昔の衣装なのに生地も傷んでいない。昨日仕立てあがったようだった。

（大事にされていたんだわ）

ドレスの状態は、そのままオレリーへの気持ちだった。すぐ側にいた女官にこれほど思われていた、そんな女性が何故――。

「まあ、裾の長さもぴったり。まるであつらえたようですわ」

緑のローブ・ヴォラントはマルティーヌによく似合っていた。美しいマントが背中を覆う。

「綺麗……」

絹のドレスはしっとりと体を包んだ。足を踏み出すと軽く足に絡む。

「さあ、参りましょう。パトリス様がお待ちですわ」

ジャンヌに手を取られてゆっくりと一階に降りた。そこには大きな晩餐《ばんさん》室があるはずだ。

「ああ！」

確か昼間は、ただ大きなテーブルと椅子があるだけの部屋だった。埃に塗れ、部屋の隅には蜘蛛《くも》の巣もあったはずだ。

それが、壁の燭台には全て蠟燭が灯り蜘蛛の巣も払われていた。テーブルの上には真っ白なクロスがかけられている。

ずっと眠っていた屋敷が目を覚ましたようだった。

「いったい……」

戸惑ってジャンヌの方を振り返る。彼女は微笑んでいた。

「パトリス様が、マルティーヌ様とお食事をしたいとおっしゃるので私たちで準備したのですよ。コックがいないので簡単なものしか作れませんが」

やがて正面にパトリスが現れた。見慣れた白いシャツ姿ではなく、きちんと上着を着ている。

彼はドレスを着たマルティーヌを見つけると極上の微笑みを見せた。

「似合うと思っていたぞ」

マルティーヌは頰を染めて俯く。大きなテーブルの端に座ると燭台の向こうに彼の顔が見えた。

「どうして、こんなことを?」

その問いに、彼は答えない。ジャンヌが二人にワインを注ぎ、スープとパンの皿を置いた。

「今夜はこれしか作れなかった。もっといいものを食わせてやりたかったんだが」

「……私はそれより、もっと近くでお話ししたいですわ」

晩餐用のテーブルは二人に大きすぎた。パトリスの近くに行きたかった。

だが彼は首を横に振った。

「いいや、私の話が終わるまでこのままでいてくれ」

小さな炎の向こうで彼の瞳が揺れている。マルティーヌはただその顔を見つめていた。

「……オレリーの部屋を見たか」

「はい……」

マルティーヌの胸は痛んだ。

「オレリー様には、お子様がいらっしゃったのですね」

パトリスは蠟燭の向こうで頷いた。

「オレリーは結婚が遅かった。古い貴族の出で美しかったから縁談は沢山あったのだが、文学への情熱が強く、勉強をさせてくれる夫がいなかった」

肖像画の聡明《そうめい》なまなざしが脳裏に浮かぶ。

「結婚を諦め一生を勉強に捧《ささ》げようとした時、国務大臣のダヴィッドとめぐり会った。彼は一度目の妻を病気で亡くし、気鬱に沈んでいた」

ダヴィッドはかなり年上だったが、文学好きという共通点で結びついた。オレリー二十三歳、ダヴィッドは四十代だった。

「二人が結婚した時、私は五歳だった。大聖堂で微笑んでいたオレリーは美しく、幸せに包まれていた」

国務大臣の妻となったオレリーはパトリスの勉強係となった。

「あの図書室でリュカとオレリーが私の教師となった。オレリーは古い詩を読んでくれた。自分でも詩を作っていたんだ」

子供を欲しがっていたダヴィッドとオレリーだったが、妊娠したのは結婚後五年目だった。パトリスは十歳になっていた。

「妊娠してからオレリーは馬車に乗らなくなったので、勉強のため私がこちらの屋敷に来ることにした。彼女は生まれてくる赤ん坊を心待ちにしていた。早くから窓際の部屋を子供のために整えていた」

「壁に花が描いてありましたわ」

そう言うとパトリスは苦笑する。

「あれは私が描いたのだ」

「本当ですか？」

「職人が壁を塗っているのを見ていたら自分も描きたくなった。オレリーに許可を貰って花を描いたんだ」

マルティーヌは思わず噴き出してしまった。あの可愛らしい花を子供だったパトリスが一生懸命描いていたなんて。

笑い出したマルティーヌをパトリスはじっと見つめる。

「……私はずっと、自分が国王にふさわしいかどうか悩んでいた」

国王のただ一人の息子、自分が六歳の時狩りでの怪我が元で父である王は床につくことが多くなっていた。国の行く先が自分一人の肩にかかっていると、幼いながら自覚していたのだ。

「本当は静かに本を読んだり、馬に乗ったりする方が好きだった。だが国王の一人息子にはそんなことすら贅沢だった」

王宮の全ての目が自分に向いている、それは子供の彼にとってどれほど重圧だったろう。

「そんな時、ルイが現れた。彼は遠くの国の貴族だったが旅が好きな男だった。行商の男たちと共に長い旅をし、色々なことを知っていた」

パトリスの目が遠くを見つめた。懐かしい面影を追い求めているようだ。

「彼は大人しかった私を責めなかった。一緒に森へ行き、一人で火を熾《おこ》して食事を作らせてくれた。本当の父親のようだった」

胸が痛んだ。オレリーとルイの運命を、もう知っているから。

「……ルイはハンサムだったからもてていた。女官だけではなく貴族の女性からも恋文を受け取っていたらしい。だが彼は恋人を作ろうとはしなかった」

そこでパトリスは言葉を切った。眉の間が苦し気に歪む。

「……無理をしないで、おっしゃりたくないのなら止めてください」

彼はなにかを振り払うように頭を横に振った。

「いや、お前には全て聞いて欲しい。これから私の知っていることを順番に話すから」

オレリーはやがて赤ん坊を産んだ。

「女の子だった。綺麗な瞳の愛らしい子だった。初めて見る赤ん坊は私をじっと見つめていた」

穏やかだった日々が変化していったのは赤ん坊が生まれて半年ほど経った頃だった。

「その赤ん坊が、ダヴィッドの子ではなくルイの子供ではないかと噂がたった。赤ん坊の髪がオレリーやダヴィッドのような金髪ではなく茶の髪だというのがその理由だった。ルイは茶色の髪だったので」

「そんな」

たったそれだけで不名誉な噂を流すなんて。

「茶の髪なんて一番ありふれた色ですわ。私だってララだって茶色だわ」

マルティーヌは麦の色、ララはもう少し濃い色だったがやはり茶色だった。パトリスの髪だってかなり濃いが茶色と言えるだろう。

「私もそう思っていた。ルイとオレリーは二人きりで会ったことなど無いはずだった。たまに城で私のことを相談しあっていた、それだけのはずだった」

その先を聞くのが怖かった。リュカの『とても言えないほど恐ろしい』ことがこれから始まる。

「……ある日、夜更けに起こされた。いつもは静かな王宮がざわめいていて、窓から外を見ると松明《たいまつ》がいくつも門に向かって動いていた」

図書室にいたリュカが寝室に駆けつけてきた。そしてこう言ったのだ。

「落ち着いて聞いてください。ダヴィッド様が殺されました。ルイが突然屋敷に現れ、国務大臣を刺してオレリー様と赤ん坊を誘拐したのです」

マルティーヌは息を呑んだ。自分の考えを述べることすら出来なかった。

「お前はどう思う?」

一口ワインを飲んだパトリスが尋ねた。

「……信じられません」

彼から聞かされたオレリーとパトリスの人柄、それと血なまぐさい刃傷沙汰《にんじょうざた》がどうしても結びつかなかった。

「私もそうだった。なにもかも信じられない。だが現実、ダヴィッドは血塗《ちまみ》れで自室で死に、ルイとオレリー、そして赤ん坊は消えていた」

「どうなったのです、逃げた方たちは」

パトリスの目が炎の向こうで光っていた。

「翌日の夕方、川の下手でルイとオレリーの死体が見つかった。溺死だった。逃げられないと思った二人が心中したと言われた」

あまりの結末に胸が潰れそうだった。パトリスが親代わりと思った人間が同時に死ぬ、しかも人を殺した後で。

「赤ん坊は、オレリー様の子供はどうなったのですか」

彼は首を横に振った。

「結局見つからなかった。一緒に川に入ったが、小さいのでずっと早く流されてしまったのだろうと」

ド・ボア家の侍従がその夜のことを証言した。

『ダヴィッド様が噂を問いただすためルイを屋敷に呼びました。二人を詰問されて、とうとうオレリー様が認めたのです、お子様はルイとの子だと』

それを知ったダヴィッドは激高して赤ん坊を殺そうとした。それを止めたルイが彼を殺したと侍従は証言した。

『お二人は青ざめて赤ん坊を抱いたまま出ていかれました。偶発的な事件だったのです』

（そんな）

確かに話のつじつまは合っている。だがなにかおかしかった。

「私はこの証言を聞いてとても信じられなかった」

パトリスも自分と同じことを想っていた。

「ルイとオレリーのことはともかく、ダヴィッドはたとえ子供が自分の種ではなくても殺すような男ではない。思慮深く、優しい人だ」

ただ、ルイとオレリーの体には傷一つなかった。無理矢理川に放り込まれたようには見えなかった。

『不倫の子を産み夫を殺し、愛人と心中した』

オレリーの最後はそう結論付けられた。盛大な葬儀が行われた夫のダヴィッドとは対照的に、彼女はド・ボア家の墓に埋葬することすら許されなかった。

「不倫と夫殺し、自分の子を殺した罪、自殺の罪も合わさり、罪人用の墓地に埋葬された。あんなに美しい人が、暗い森の中、誰にも花を手向けてもらえない」

マルティーヌの胸も痛んだ。彼が悲しんでいることが分かったから。

「二人のことを忘れようとした。全て私が悪い、自分のせいでオレリーとルイが死んだと思っていた。私がいなければ二人が出会うことはなかったんだ」

「そんな！」

思わずマルティーヌは椅子を立って彼の元へ駆け寄った。

「パトリス様は悪くありませんわ。まだ十歳ではありませんか」

「では誰が悪いのだ？」

そう問われて言葉が出なかった。

「何回問うても答えは出なかった。オレリーとルイ、ダヴィッドとその子供が死ななければならない理由が分からなかった。やがて父の病も悪化し亡くなった。私は一人、取り残された――」

マルティーヌは黙って彼の手を握った。どうすれば彼の心を癒せるのか分からない。

「父上の部屋は喪が明けるまでそのままにしておいた。私はそこで物思いに耽ることが多かった。ベッドの横には父の薬が残っていた。落馬した時に出来た傷に塗っていた軟膏だった。壺に入っていたそれを私は馬小屋に持っていった。鞍《くら》がすれて背中に傷を負った馬に塗ってやろうと思ったのだ」

そこで彼の顔が苦し気に歪んだ。

「パトリス様……」

「馬は……軟膏を塗った翌日から起き上がれなくなった。父上と同じだった。落馬し、怪我の治療をしてすぐ床につくようになった。私は薬をリュカに渡した。彼の知り合いの薬師が調べると、砒素《ひそ》が入っていたそうだ」

「そんな！」

それでは暗殺ではないか。この国の王を誰が――。

「その軟膏を調合した医者はいつの間にかいなくなっていた。私は王宮の医者や大臣たちに薬のことを話したが、誰も信じてくれなかった。証拠の壺の中身もいつの間にか普通の薬と入れ替わっていたのだ。事実を知っているのはリュカと消えた薬師だけだ」

「どういうことなのですか……」

彼は大きく息を吐いた。

「やっと気が付いた、私は敵に囲まれていることを。誰も私の言うことを信じてくれない。皆ある人間の味方になっていた」

「誰なのです、その人は」

パトリスは一旦言葉を切り、大きく息を吐くとその言葉を口にした。

「今の国務大臣、ジャコブだ」

（まさか）

そう言おうとして慌てて口を塞ぐ。パトリスは今まで何度もそう言われてきたのだ。

「信じられないのも無理はない」

蠟燭の中、彼が優しく笑った。

「ジャコブは父が倒れダヴィッドが急死した中、国の政治を一手に引き受けてくれた。献身的に国に尽くしてくれた――だが、私は見つけたのだ。ダヴィッドが死んだ時証言をした侍従が、ジャコブの領土で土地を所有し裕福に暮らしていた。ただの平民だった彼が、何故」

血の気が一気に引いた。平民が土地を買うためにどれほど働かなくてはならないだろう。

「すぐに呑《の》み込《こ》むことは出来なかった。だが全て彼がやったのだとしたら、父を殺しダヴィッドと妻を始末したのだとしたらつじつまが合う。いつの間にか国の実権はかなりの部分ジャコブに押さえられていた」

正直、すぐには呑み込めなかった。だがパトリスの父が誰かに殺されたのだとしたら……ダヴィッドとオレリーの事件も誰かが仕組んだのだとしたら……バラバラだった組木細工が全て繋がる。

「邪魔者を全て排除したジャコブは、次に私を狙った。自分の娘を私の妻にしようとしたのだ」

背筋が寒くなった。パトリスが国務大臣の娘と結婚するのは不自然ではない。ここまで彼は考えていたのか。

「私は拒絶した。彼の傀儡《かいらい》になるのはごめんだからだ。すると次から次へと縁談が持ち込まれる。誰も選べなかった、どの家もジャコブと縁を深めていたから」

貴族の中で誰が敵で誰が味方なのか、若いパトリスには見当もつかなかった。

「どんな女を連れてこられても心は動かなかった。人を疑うことが習い性になっていたんだ。どれほど微笑まれても恐怖にしか感じない」

マルティーヌは彼の頬にそっと触れた。

（お可哀想）

なんて寂しい人生だろう。どれほど豪華な暮らしをしていても、信じられる人がいなければ牢獄《ろうごく》と同じことだ。

「女官の募集をしたのもジャコブだ。現れた女たちの中から側妃を選べばよし、選ばなければい『だらしない王』として私の評判を落とすことが出来る。どちらに転んでも彼を利することになるのだ」

改めて彼の巧妙さに寒気がした。優しい笑顔の裏でそこまで考えていたのか。

「お前たちが偶然目の前に現れた時、私のことを知らなかった」

そうだ、自分とララは彼が王だなんて理解していなかった。馬丁の一人だと思っていた。

「私を一人の人間として頼ってくれた。久しぶりに人と出会えた気がした。お前たちが近くにいたら、心が休まるだろうと思った。だから助けたんだ」

「……こんな私でも、お慰めになるのなら嬉しいですわ」

するとパトリスはゆっくりとマルティーヌの頭を引き寄せ、耳元で囁いた。

「もう一度あの詩を聞かせてくれないか」

「詩？」

「洗濯物を干している時に歌っていただろう、あの歌だ」

マルティーヌは戸惑いながら唇を開いた。幼い頃から何度も聞いた、恋の歌――。

『空には雲雀、地には黄の薔薇、柳の下であなたを待つ　草の香り、あなたが踏んだ草の香り』

その時、信じられないことが起こった。パトリスの口から詩の続きが流れたのだ。

『蒲公英《たんぽぽ》を踏まないで　それは私の心　薔薇ではなく地に咲く蒲公英　それが私の心』

「どうして……」

何故自分しか知らない歌を知っているのだろう。マルティーヌは彼の顔をじっと見つめた。

「驚いたか」

パトリスが静かに尋ねる。

「どうして知っているのですか。もしかすると、有名な詩なのですか？」

なにかの本に書かれていたのだろうか。だが彼は首を横に振った。

「いいや、この歌はお前と私しか知らないはずだ。何故なら私が作ったものだから」

パトリスの言葉がすぐには理解できなかった。

「この歌をパトリス様が……？　分かりません、そんな歌をどうして私が知っているの？」

「……ゆっくり話そう。こちらへおいで」

パトリスはマルティーヌを誘って談話室へ連れて行った。暖炉にはすでに炎が燃えている。

二人は長椅子に並んで座った。マルティーヌはまだ混乱している。

「オレリーは詩を書くことが巧みだった。彼女に習って私も作ってみた。拙い作だったが彼女は喜んでくれて、自分の手帳に書き写したんだ。赤ん坊が産まれてすぐのことだった」

彼の目が懐かしそうに細まった。

「今でもはっきり思い出せる、良く晴れた日で、オレリーは赤ん坊を抱いていた。夫のダヴィッドも側にいた。彼女は子供を一旦夫に預けて、小さな黒の革の手帳に私の詩を書きつけた。『私もまた詩を作りたいわ』そう言って笑った。あの時が最後の幸せな思い出だ」

マルティーヌは体をぎゅっと彼に寄せた。これからいったいなにが起こるのだろう。

「私はお前の住んでいた孤児院にも行った」

「ええ？」

パドワから離れた田舎なのに、わざわざ彼が訪れたのか。

「院長のコンスタンスからお前が預けられた時の話を聞いた。ある夜初めて見る女がなにも言わず預けた。包まれていたおくるみも古く貧しい育ちと思ったが、小さな黒革の手帳だけは高価なものだった。その中に書かれていた詩がこの子の身元をしる縁《よすが》になると思い、院長が歌にしてその子に教えた」

（ああ！）

それがあの歌なのか、他愛《たあい》のない、恋の歌が。

「その手帳を院長から預かってきた。間違いない、オレリーの字で私の歌だ」

彼の手の中にすっぽり収まるほどの小さな手帳があった。開くと美しい字で覚えのある歌が書いてある。マルティーヌはもうそれを読めるようになっていた。

『柳の木の下であなたを待つ』

「陛下……！」

耐え切れずにマルティーヌは彼の胸に縋りついた。自分の身になにが起こっているのだろう。心臓が痛いほど脈打っている。

「もう分かっただろう。お前がオレリーの子供なのだ。ド・ボア家唯一の生き残りなのだ」

「お待ちください、そんな」

突然現れた真実に心が追い付いていなかった。

（私が、この屋敷の跡取り？）

王宮と見まごうばかりの豪邸、ここで生まれた赤ん坊だなんて。

（でも）

あの事件が本当なら、自分はオレリーとルイとの間に生まれた不義の子ではないだろうか。

その疑問を口にするとパトリスの顔が薄く曇る。

「お前の心配はもっともだ。だが私はあの赤ん坊は確かにオレリーとダヴィッドの子だと信じている。すなわち、お前はド・ボア家の娘なのだ」

「ああ！」

とうとうマルティーヌは立ち上がってパトリスから離れてしまった。様々な思考が一気に襲ってきて耐えられない。

「私がド・ボアの人間だから……オレリー様の子供だから好きになったのですか?」

あの愛情は自分宛のものではなく、オレリーの面影に向けられたものだったのだろうか。

自分はただの入れ物なのか。

「それは違う!」

パトリスは立ち上がり、マルティーヌを背後から抱きしめた。

「お前を初めて見た時、初めて心を惹《ひ》かれた……何故だか、側に置きたいと思った」

胸が熱くなった。そんなことを言われたらもっと好きになってしまう。

「だが私の側妃にしてしまったら、私を狙う者たちに危害を加えられるかもしれない。だから洗濯室に置いておいた。たまに姿を見るだけでいいと思っていた。そして、あの歌を聞いた——私とオレリーしか知らないはずの詩を」

シーツを干していた時、彼は自分を見守るために側にいたのか。だからあの歌を聞けたのだ。

「私がどれほど驚いたか分かるか? 一瞬頭が真っ白になった。まさか……だが、年齢は合う。オレリーが赤ん坊を産んだのは十八年前だから」

マルティーヌは体を反転させて彼と向き合った。

「本当に、私がオレリー様の子供だと思うのですか?」

彼はじっと自分を見つめている。

「その瞳だ」

「瞳？」

「灰色に少し緑の混じる色、その色を私はあの時見た。赤ん坊が産まれてすぐ、この屋敷を訪れた時――私を見つめていた、美しい瞳で。その色とそっくりだ」

「ああ……！」

マルティーヌは思わず彼の胸に顔を埋めた。信じられなかった現実が、ようやく心に染み渡る。

（ここが私の家、お母様とお父様がいた）

子供の頃はずっと思い描いていた、本当の父母のことを。

まだ生きているのだろうか、自分を懐かしがってくれているだろうか。

どんな顔をしているのか、どんな人だったのだろう。

その全てが突然明らかになったのだ。

（私はここで生まれた）

まだ実感が湧かない。子供部屋を見てもなにも思い出さなかった。

だがパトリスの記憶、そして自分の年齢を重ね合わせればその可能性は高かった。

「私は……どうすればいいの？」

事実は分かっても、自分がどうすればいいのか分からない。パトリスの証言があっても信じてもらえるかどうか分からない。

「すまない、これ以上は私の力でもどうしようもない。証拠はこの手帳だけだが、オレリーの書いたものは十八年前に全て処分されてしまったので筆跡も証拠にならない」

マルティーヌは革の手帳の表紙をそっと撫でた。

自分の母が持っていたかもしれないもの。

中を捲ると、美しい筆跡で恋の歌が書かれていた。

(読める)

そのことが嬉しかった。母の書いた字が読める。以前の自分ならなにが書いてあるのかすら分からなかった。

『空には雲雀、地には黄の薔薇、柳の下であなたを待つ　草の香り、あなたが踏んだ草の香り　蒲公英を踏まないで　それは私の心　薔薇ではなく地に咲く蒲公英　それが私の心
柳の木の下で待っていた私の元にあなたが来た　蒲公英を摘んであなたがやってきた』

子供の頃から聞いていた恋の歌、この世で一番好きな歌。

マルティーヌの目から熱い涙が溢れた。

「ありがとう……この手帳を見せてくれて」

そう言うとパトリスは優しく頭を撫でてくれた。

「これを手に入れるには苦労した。お前を孤児院に預けた女は『この手帳は唯一この子の親と繋がるものだが、くれぐれも他人には見せないで欲しい。絶対に信用できる人にしか渡さないでくれ。この子の命がかかっている』と言われた。だから私の使者が孤児院に行ってもコンスタンス殿は手帳の存在すら打ち明けなかった。私が直接出向いてようやく話してくれたのだ」

「陛下が自ら行かれたのですか？」

驚いた。馬を使っても二日はかかる距離なのに。

「なかなか城を開ける口実がなく、狩りを口実にしてやっとサンナミル孤児院まで行くことが出来た。私と直々に話をして、やっとコンスタンス殿は手帳を出してくれた。お前が大人になって孤児院を出る時に渡すはずだったそうだ。もし城に勤めるようになったら自分がドージェまで届けにいくつもりだったと言った」

マルティーヌは彼の胸に頬を寄せた。

「……それほど、危険だったのですね」

自分の父と母、それに騎士であるルイを殺した人間。

そんな人間からその女性は自分を助け出してくれたのだ。

自分が安全に暮らせるよう、敵から守ってくれた。

「コンスタンス殿にお前を連れてきた女性の所在を訪ねた。だが彼女も分からないそうだ。

預けたきり尋ねてこなかった。自分とお前との繋がりを完全に断ち切りたかったのだろう」

パトリスはマルティーヌの手をしっかりと握る。

「お前が確かにオレリーとダヴィッドの子だという証拠を摑んで公表するつもりだった。だがここで行き詰ってしまった。どうしてもお前を孤児院に連れてきた女性が見つからない」

思わず彼の手を握り返した。

「私はなにもいりません。豪華な屋敷も使いきれないほどの財宝も……だってもともと私のものではなかったんですもの。私は、ただ」

パトリスの側にいられれば良かった。

彼の瞳が自分を見つめる。

それは十八年前から始まっていたのか。

「……私はただ、お前を守りたかった」

形の良い唇がそう呟く。

「もしかしたらお前がオレリーの子供かもしれない、そう思ったから図書室に連れてきた。私の目の届くところにいて欲しかった」

その気持ちが、今は痛いほど分かる。

「お前の身元が明らかになってから、触れるつもりだった、だが」

長い鼻梁《びりょう》が近づいてくる。

「……我慢できなかった。お前の顔が、あまりに小さく愛らしくて」

優しくキスをされる。彼の吐息が唇に触れた。

「……私はこのままで、いいの」

ただの女としてパトリスに愛される、それしか望みはなかった。

将来、彼に正式な妻が現れる、その短い時だけでもいい。彼の側にいたかった。

「お前を愛している」

はっきりそう言われた。体が痺れるほど嬉しい。

「私も……」

彼が自分を抱きしめる力が強くなった。

「だから、お前を私の正妃にする」

驚いた。身の証が立てられないのにそんなことが出来るのだろうか。

「無理をしないで、私は側妃でも充分幸せなんです。身分の低いものを無理矢理正妃にしたらパトリス様のためにならないわ」

自分のせいで彼が非難される、そんなことは耐えられなかった。

パトリスは強い瞳で自分を見つめる。

「お前はダヴィッドとオレリーの娘、ド・ボア家の跡取りだ。そのことを公表する。そうすれば正妃になることになんの不足もない」

マルティーヌは驚いた。自分がこの家の娘である証拠は恋の歌しかない。それを皆が信じてくれるだろうか。

「私たちはこの詩が本物だと知っています。でも他の貴族の方は疑うわ、私を正妃にするための嘘と思うのではないかしら」

彼はゆっくりと、大きく息を吐いた。

「もちろん疑うだろう。そして、私の意思が固いことを見れば次はこう考える、お前がド・ボアの娘ではないことを証明しようと」

意味が分からなかった。自分がオレリーの娘であることすら証明できないのに、娘ではないことの証拠がどこにあるのだろう。

「どういうことなのですか？　全然分からないわ」

彼は優しく微笑んだ。

「彼らの裏をかくんだ。オレリーの娘が孤児院から現れたら彼らはどう考えるか——その企《たくら》みを利用する」

パトリスは自分の計画をマルティーヌに打ち明けた。

それは恐ろしく巧みで、人の心を操る仕掛けだった。

「そんなことが出来るかしら」

彼の表情がだんだん強くなっていった。

「出来る。私はずっとジャコブのことを見てきた。どんな考え方かよく分かっているんだ」

パトリスの話を聞いているうちに胸の不安はゆっくりと融けていった。上手くいくかどうか分からない。だがこのまま檻《おり》のような現実に囚《とら》われているよりはましだった。

「やってみるわ。パトリス様を信じて」

緑のドレスを纏《まと》ったマルティーヌを彼は強く抱きしめる。

「お前のことは必ず守る。今度こそ、愛する人間を傷つけさせない」

『愛する人間』

その言葉を聞けただけで、体の奥から力が湧いてくる。

（この人は私が守る）

がっしりとした彼の体にしっかりとしがみついた。

七　現れた娘

夕食の後、ジャンヌたちに手伝ってもらって湯あみをした。大きな湯船に温かい湯が張られている。

「ララはどうしていますか？」

一人残していた友人のことが心配だった。

「私たちと一緒に夕食を取って、今はメイドの部屋で休んでいます。マルティーヌ様はパトリス様とお話があると説明しておきました」

彼女には気の毒だが、今は会えない。自分でも上手く説明できるか分からなかった。

誰かに体を洗われるのは慣れていないので、一人で湯船に浸《つ》かった。こんな大きな浴槽は初めてなので溺れそうだ。

湯から上がるとジャンヌたち三人がかりで体を拭いてくれる。肌寒い秋の夜だったが暖炉には火が燃えているので震えることはなかった。

体に着せられたのは麻の寝間着だった。古いもので、それがかえって肌に優しい。

「ジャンヌさんは、オレリー様にお仕えしていたのですか」

「はい」

髪に白いものが交じっている彼女は控えめに答えた。

「……私はあの方の子供なんでしょうか」

思い切って尋ねてみた。ジャンヌはしばらく無言だった。

「お願い、正直に答えてください。私は……オレリー様の娘に見えますか？」

目の色も髪も違う。顔も似ているようには見えなかった。まるで天女のようなあの女性が、本当に自分の母親なんだろうか。

ジャンヌはしばらく黙ってマルティーヌの髪を拭いていた。

「なんて綺麗な茶色の髪。麦の穂のよう。オレリー様のお母様が確かこんな色でしたわ」

彼女の言葉に胸が熱くなった。オレリーと血が繋がっていると信じてもいいのだろうか。

「あの夜」

ジャンヌは静かに語りだした。

「ご夫婦の寝室で騒ぎが起きて、私たちは駆け付けようとしました。でも扉が開かなかった。誰かが扉を塞いでいたのです。全部の使用人の部屋を……ようやく開いた時には顔も分からぬ男たちが逃げていくことしか分かりませんでした」

主人であるダヴィッドの刺殺、そしてオレリーとルイの溺死、赤ん坊は行方不明——もちろんジャンヌたちは扉が塞がれていたことを証言した。

「彼らのことは『ルイの仲間』と片付けられてしまいました。でも私たちは信じられなかった。一介の騎士であるルイにそれほど大勢の仲間がいるとは思えなかった。なによりオレリー様が彼と不倫をしていたはずはないのです。お側にいた私が一番よく知っております」

ジャンヌの目に涙が浮かんでいた。

「もしマルティーヌ様があの時の赤ん坊なら、オレリー様と旦那様、それにルイの無念を晴らすことが出来ますわ。あなた様の存在そのものが無実の証になります。私はそう信じております」

マルティーヌはジャンヌの手を強く握りしめた。

「私は正直、まだ実感がないの。本当にここで生まれた子供なのか、でも」

パトリスが言ってくれた、赤ん坊の時と同じ瞳だと。

「もしこれが真実なら、必ず明らかにするわ。ずっと母を想ってくださっていたあなたたちのためにも」

彼女の目から大粒の涙が溢れた。

「なんてお優しい……やはりマルティーヌ様はオレリー様の娘です、とても心の温かい方でした……」

ジャンヌに案内されてマルティーヌは寝室へ入った。そこは客用のそれほど大きくない部屋だ。

「夫婦の寝室はダヴィッド氏が死んだところだ。そこを使うのは嫌だろう」

寝間着に着替えたパトリスはマルティーヌをぎゅっと抱きしめた。

「迷っていた。お前を手放すべきかどうか」

抱かれながらマルティーヌははっと顔を上げた。彼の声が震えている。

「お前がド・ボアの娘だという証がないのなら、いっそただの娘として生きていく方が安全なのではないか、私がお前を諦めれば巻き込まれずに済む——だが、どうしても出来なかった。お前と別れることは出来ない」

強く抱きしめられ、胸が高鳴る。彼の愛情と執着に身を融かされそうだ。

「もっと、人と交わって生きるべきだった。そうすれば証拠が見つかったかもしれないのに……孤独に生きてきたつけが回ってきたようだ」

「そんな風に考えるのはやめて！」

マルティーヌは彼の頬を摑んで口づけをした。

「陛下はまだ子供だったのよ。十二歳で一人になってしまった。閉じこもっても仕方ないわ」

たった一人、恐怖で震えていた彼のことを考えると今でもつらくなる。どれほど怖かっただろう。

「私は孤児院で温かく育ててもらった。友達もいたわ。本当ならそんな風に育つはずだったのに」

彼から子供時代を奪った犯人が許せなかった。

「二人で犯人を見つけましょう。そしてオレリー様とルイの無実を晴らすの。そうでなければ私もパトリス様も自由にはなれないわ」

「自由、か」

彼の表情がふっとゆるんだ。

「お前があの時言っていたな」

「あの時？」

「馬小屋で、アンリたちに連れて行かれそうになった時だ」

マルティーヌも思い出した。一旦逃げ出したが再び捕まり、アンリのものになりそうになった時だ。

『私とララに触らないで。私たちはあなたのものではないわ』

「私もそう思って生きてきた。ただ生かされて、誰かのものになるのは嫌だった」

パトリスは指でマルティーヌの顎を持った。

「お前に惹かれたのはあの時が最初だ」

嬉しかった。自分がオレリーの娘だからではなく自分自身の言葉で好きになってくれた。

「私は……最初に見た時驚きました。お城にはこんなに素敵な馬丁がいるのかと」

彼の唇が落ちてきた。優しく、吸い付くようなキス。

「もしかしたら、私の記憶がお前の中にあったのかもしれない」

「え？」

「この屋敷で生まれてすぐ、私はオレリーを訪ねた。乳母に抱かれていたお前を抱かせてもらった。その時じっと私を見つめていたんだ。灰色の、透き通った瞳で」

もしかしたら、その時の面影が残っていたのだろうか。

生まれて初めて見た彼のことを、ずっと想っていたのだろうか。

（人を好きになるってこういうことなの）

顔や姿だけではない、魂が通い合うのだろうか。

「あの時、人間とはこれほど美しいものかと思った」

深く口づけられ、そのまま寝台へ寝かせられる。

寝間着を脱がされ全裸になった。彼も全ての服を脱ぎ捨てる。

「いつか、なんの心配もなく抱き合える時が来る」

肌を触れ合い、抱きしめ合った。彼の唇が膨らんだ先端を包む。

「ああ……」

全ての疑惑が晴れ、心から抱き合える日が来たらどれほど嬉しいだろう。

「きっと来るわ、そんな日が……」

彼の唇が何度も乳首を吸い上げる。じいんという感覚が全身を駆け巡った。

「あ、いい……」

マルティーヌを感じさせたパトリスは後ろへ回り、背後から抱きしめる。

「足をしっかり閉じてくれ」

腿の間に彼のものが挟まった。

「お前の肌で、擦ってくれ……」

熱い棒が前後に動く。マルティーヌは足をきつく締めて彼を擦った。

「あ、触る……」

棒の部分が腿の付け根にある谷間に挟まった。小さな花弁が擦られて、熱くなる。

「お前のものに、触れるよ」

パトリスの手が前に回り、自らのものに触れている箇所に触った。果肉の中に埋もれている淫芯を探り当てる。

「ひゃん……」

下から棒で擦られ、前からは指で擽《くすぐ》られる。あっという間に自分の蜜が溢れてきた。

「濡れてきた……気持ちいいよ……」

腰の動きが速くなってきた。その動きもさらに快楽を刺激する。

「あ、いいの、気持ちいい……」

性器同士が触れ合っている、あとほんの少しで深く繋がってしまいそうだ。自分の体ははっきりそれを求めていた。

（でも、我慢しなきゃ）

パトリスもきっと同じ気持ちだ。男性はもっと求める度合いが強いだろう。それでも堪えてくれている、将来出来るかもしれない子供のために。

（希望を失ってないから）

二人の明るい未来を、信じているから。

一夜の快楽を我慢できるのだ。

「あ、いきそう……」

指で刺激され続けた丸い粒はもう破裂しそうだった。もじもじと足を擦り合わせるとパトリスの息も荒くなる。

「私もだ……出てしまう、肌が蕩けそうで……」

耳の後ろに舌を這わせられる、その瞬間じくっと体が震えた。

「あ、やんっ……！」

彼の指の下で肉粒が震えるのが分かった。ほぼ同時に肉棒の先端から熱い汁が迸《ほとばし》る。

「ああ、出てしまった……」

今夜は達した後でも離れなくていい。彼のものを丁寧に布でぬぐう。

初めて間近に見るそれはあまりにも奇妙な形をしていた。別の動物が人の体についているようだ。

「私のものに、触れてくれ」

マルティーヌはおずおずと手を伸ばす。

（熱い）

掌に乗るほどのそれは、体温よりも温かくしっとりと湿っていた。

「まだ、欲望が去らない。すぐまだ大きくなりそうだ」

最初はやや柔らかかった棒は、指の中でむくむくと形を整えていく。

「触ると、気持ちいいのですか……」

そっと指を動かすと、手の上の生き物はぴくぴくと蠢《うごめ》く。

その感触が先ほどの快楽を思い出させてマルティーヌの体はまた熱くなった。

「もっと、触らせて……」

手を根元まで滑らせると、黒い体毛の奥でそれは確かにパトリスと繋がっていた。しっ

かり根元を握るとさらに上へ頭をもたげる。マルティーヌは両手で包み込むようにそれを握った。

「お前の手の中で、擦ってくれ……」

小さな雛《ひな》を愛《め》でるように、手の中のものを撫でさする。最初は奇妙に思えたその形もだんだん愛おしく思えてきた。

(これがパトリス様のもの)

彼の快楽の中心、そう思えば可愛らしくすら思えてきた。

手の中の小さな棍棒《こんぼう》がぴくぴく蠢きだす。先端から朝露のような液体が現れた。

「これは……?」

「私の、最初の液だ。そのまま続けて……」

パトリスの手が自分の頭を撫でる。指が髪の中に入って優しく梳《くしけず》った。

(愛おしい)

彼への愛情が湧き出てくる。マルティーヌはそっと彼のものへ唇を寄せた。

「止《よ》せ!」

彼は頭を撫でていた手でマルティーヌを押しとどめる。

「どうして?　パトリス様もしてくださったわ」

自分を見下ろすパトリスの目は慈愛に満ちていた。

「お前はしなくていい……汚れている……」

そう言われると、ますますしたくなる。

「パトリス様は綺麗ですわ、どこもかしこも」

すると彼の表情が暗く歪む。

「私は、お前の思うような人間ではない。本当は人を愛してはいけない男なのだ」

同時に、手の中の肉棒が少し柔らかくなる。

（いけない）

ものを知らないマルティーヌでも、それが彼の欲望の消失であることは分かった。

「私は、パトリス様を愛しています」

この熱を冷ましてはいけない、マルティーヌは夢中で棍棒の先端に唇をつけた。

「あっ……」

丸い頭に唇の先端が触れた途端、パトリスの声が上ずった。衰えかけていた肉棒が再び力を取り戻す。

（これでいいんだ）

自分と同じようにパトリスも感じている、そう思うと躊躇《ちゅうちょ》は消えていった。

透明な液は少し塩気がする。マルティーヌは舌を出して丸い頭を舐《な》めた。

「あ、そんなことをすると、もう駄目だ……！」

パトリスはマルティーヌを強引に引き離した。そして自らの手で肉棒を抑える。すると、指の間から白い液体が溢れだした。

「まあ！」

驚いた。彼の体内から出てきたものが驚くほど大量だったからだ。

「出てしまった、お前の唇があまりに柔らかかったから」

彼はハンカチを取り出して白い体液をぬぐった。大判のハンカチがびっしょりと濡れている。

「男性は、こんなに出るんですね……」

マルティーヌは思わず噴き出してしまった。

「なにがおかしい？」

「……以前、トラウザーズの中で出してしまわれたのですね。洗濯が大変ではなかったですか？」

彼が洗濯場に自分の服を出したがらなかったわけが分かった。

「……仕方がないから馬小屋で洗った。あんなものを人に見せるわけにはいかない」

もう我慢できなかった。マルティーヌはくすくす笑い出す。

「私ならいいでしょう。洗って差し上げます」

体液を受け止めたハンカチを受け取ろうと手を差し出すが、パトリスは断った。

「いや、私のものは私でやる。以前からやっていたことだ」

胸が詰まった。この国で一番人に囲まれている人が、子供の頃からたった一人で生きてきたのか。

（どうして）

彼がこんな目に遭わなければならないのか。

どうして自分だけが彼の側にいられるのだろう。貴族の娘やアナベルではなく、自分が。

「私は」

彼の力になりたかった。

自分が彼に助けられたように、彼を助けたい。

「……陛下をお助けしたいです」

パトリスは身支度を整えながら優しい目つきを見せる。

「ありがとう」

その優しいまなざしを独り占めしている、恐ろしさと陶酔が同時に襲った。

パトリスが狩りから戻り、すぐにマルティーヌを側妃とする手続きが取られた。

「孤児の身分ではまずい。誰かの養女にしてからではないと」

そう主張する貴族もいたが、パトリスは聞き入れなかった。

「あの者の身元は私が保証する。それで充分だろう」

王の部屋の近く、庭の見える場所がマルティーヌに与えられた。本来は王妃のための部屋だった。

「マルティーヌ様の衣装を作れと命じられております」

洗濯部屋から三階に連れてこられ、最初に会ったのは仕立て屋だった。麻のワンピースをあっという間に脱がされると何人ものお針子によって体の寸法を測られる。

「腰が細いこと、コルセットがいらないほどですわ」

「お背中の肌が綺麗ですね、もともと色が白いのですわ」

仕立て屋はマルティーヌの体に色とりどりの布をかける。どれも艶やかな絹だった。

「お好きな色はありますか?」

「あの……緑が好きです」

ド・ボアの屋敷で来たオレリーのドレスが忘れられなかった。すると仕立て屋は濃い緑に唐草模様が描かれた生地を出してきた。

「私もそう思っておりました。少し大人っぽい色ですが、デザインと宝飾品を工夫すればお似合いになります」

肩から掛けられた絹は滑らかに肌を包んだ。オレリーの肖像画が目に浮かぶ。

（不思議）

彼女と自分は似ていないのに、どこか繋がりを感じる。

（母かもしれない）

そう聞かされたからだろうか。

「これがいいわ。この布で作ってください」

仕立て屋はにっこりと笑う。

「きっとお似合いになります。急いでお作りしますね」

仕立て屋が去ると次は宝石商だった。まだアクセサリーに仕立てていない、裸の石が黒い天鵞絨《ベロア》の上で輝いている。

「先ほど仕立て屋から緑のドレスをお作りすると聞いたので、ならばこの黄色いサファイヤ《サフィール》はいかがでしょう」

小さな鳥の卵ほどもある大きな黄色い石だった。胸元に乗せられると美しく輝く。

（どれほど高価なのだろう）

それを自分のものとすることにマルティーヌは戸惑っていた。絹の布も宝石も、それだけで沢山パンや肉が買えるだろう。孤児院に渡せば子供たちが毎日お腹《なか》いっぱい食べられるはずだ。

（でも、堪えなければ）

パトリスのために、今はあえて贅沢に身を浸さなければならないのだ。

「とても綺麗ですね。それがいいと思うわ」

「承知いたしました。白金《プラティーヌ》で鎖を作らせましょう。マルティーヌ様の白いお肌にお似合いになります」

ふと手を見ると、自分の甲は日に焼けて荒れていた。思わず苦笑してしまう。

(これが私の手だわ)

美しく贅沢に装うことも作戦の一部なのだ。部屋には天蓋付きの寝台が持ち込まれ、真っ白なシーツがかけられた。

「沐浴《もくよく》の準備が整いました」

夕方にはたっぷりのお湯を使って体を洗う。何人もの女官の前で初めて肌を晒《さら》した。薄い麻布をかけられそのまま舟形の湯船に浸かる。

「熱っ」

ぬるい盥《たらい》の湯ではなく、これほど熱い湯に体を浸したことなどなかった。ド・ボア家の湯船よりさらに大きい。恐る恐る腰を落としていく。

「体をシャボンで擦りますね」

海綿にシャボンをつけ、女官たちがマルティーヌの肌を擦った。すると魚の鱗《うろこ》のように垢《あか》が剥《は》がれていく。マルティーヌは恥ずかしかった。

（こんな体をパトリス様に見せていたなんて）

湯から上がると全身がほの紅く染まっていた。温まりすぎて眩暈《めまい》がする。

「ごめんなさい、少し休ませて……」

薄い下着に羽織り物を着たままマルティーヌは長椅子に腰を下ろした。白湯《さゆ》を飲んで汗を拭く。

「どうした、気分が悪いと聞いたが」

不意にパトリスが浴室に入ってきたので女官たちが小さな悲鳴を上げた。

「王様、マルティーヌ様は湯に当たられたようです。もう少々お待ちください」

女官たちが制止しようとしてもパトリスの足は止まらなかった。

「気分が悪いのなら着替えなくてもいい。このままお前の寝室へいこう」

羽織り物に包まれたままのマルティーヌをパトリスは抱え上げた。恥ずかしさで顔を上げられない。

「自分で歩けます……」

そう言ってもパトリスは彼女を降ろそうとはしない。

「やっと人前でお前を愛することが出来る」

彼の声は心なしか弾んでいるようだった。

「お前を磨き上げ、贅沢をさせ、慈しむことが出来る。こんな日が来るとは思わなかった」

計画のためだけではなく、本当に嬉しそうだった。マルティーヌも彼の胸にしがみつく。

「私も……」

もう人目に怯えなくてもいい。たとえ一時だけでも、この時間が宝物だった。

パトリスはマルティーヌの部屋に入り、天蓋付きのベッドに彼女を降ろす。王の部屋に入ることが出来るのは王妃だけなので、未だ側妃の身分であるマルティーヌはここにしかいられない。

「このまま、愛してもいいか」

湯で温まった肌にパトリスが顔を埋める。その体を腕で抱き寄せた。

「はい……」

寝間着を脱がされると桃色の肌が露《あら》わになった。

「……擦りすぎではないか？　痛くはないか」

マルティーヌの背中には海綿で擦られた跡が薄くついていた。そこにパトリスが唇を寄せる。

「女官が力を入れすぎたのだな。注意しておこう」

「いいのです。私の体が汚れていたからですわ……」

体を洗わないまま彼に肌を晒していたことが今は恥ずかしくてたまらなかった。顔を隠すマルティーヌをパトリスは抱きすくめる。

「お前は汚かったことなどない、いつもいい香りがしていた……今はシャボンの香りしかしない、物足りないな」

パトリスも服を脱ぐ。男の徴はすでに立ち上がっていた。

「お前の香りを、もっと強くしてくれ」

彼の肌はすでにうっすら汗ばんでいた。背中に手を回して強い筋肉にしがみつく。

「陛下……」

色々なことがありすぎた。考えすぎてここ最近夜もぐっすりと眠れなかった。

今はなにも考えず溺れたい。

「パトリス様、パトリス様、ああ……」

自分がオレリーの娘でもそうでなくても。

彼を愛していることは変わりなかった。

ただ彼を抱きしめられればそれでいい。

「愛している……」

そう囁かれるだけで体が融けそうだ。

「私も」

彼を愛していい。

今はこの幸せを無心に受け取りたかった。

不安も恐怖も、肌を合わせている間は消えていった。

「ああ……」

彼の唇が鎖骨の上から乳房へ這う。

小さく尖っている先端を口の中へ含まれた。

「ふあ、あ……」

甘い刺激が体を駆け巡る。じいんという感触が足先まで伝わった。

「気持ちいい……」

ねっとりと絡むように吸い付く舌の蠢きにマルティーヌはのけ反って喘《あえ》いだ。自分の体があっという間に開いていく。

「融けている……」

彼の指が下腹に伸びていた。すでにふっくらと膨らみかけている花弁に触れる。

「ひあ……」

何度も擦られていると小さな花が開いていった。肉の中の雌蕊《めしべ》も大きくなっていく。

「蜜を吸わせてくれ」

パトリスは体を起こし、足を大きく開かせる。マルティーヌは思わず口を手で押さえた。

「ああう……ふあ、ん……」

彼の舌先が柔らかな花弁に触れる。そっと捲るように動いて、やがて膨らんでいる雌蕊を包んだ。

「きゃうっ、あ、ああ……！」

強く弱く吸われ、蜜をちゅっと啜《すす》られた。何度も吸われているのに蜜の感触が途切れることはなかった。

「どんどん溢れてくる、こんなにたっぷり」

彼が舌を掻《か》き混《ま》ぜるように動かすと、くちゅくちゅっという淫らな音がした。

「やあん……」

まだ一度も彼を受け入れていない。それなのに体は勝手に開いていった。

「いつか、お前の全てを私にくれるか」

二人はまだ、体の繋がりは持たないと決めていた。状況が分からないのにもし妊娠したら、不幸な子を作ることになるかもしれないからだ。

だが深く繋がらなくてもパトリスとは心で繋がっている、マルティーヌは彼のことを信じていた。

「私は待ちます、いつか……」

なんの不安もなく、彼を愛せる日が来ることを。

彼の舌先が雌蕊の下を擦るように動く。マルティーヌはもう限界だった。

「あ、いく、いく……！」

二人は何度もベッドの上で睦み合い、たっぷりと堪能してからパトリスは自室へと引き上げる。

名残惜しいが、今の二人にはこれが精一杯だった。一人になった寝台でマルティーヌは体を丸める。

（上手くいくかしら）

自分たちの計画はあまりに不安定で、あやふやに思える。

闇の中へ足を踏み出すようだ。一歩先は底なし沼かもしれない。

（でも、やるしかない）

パトリスはこの闇の中、一人で生きてきた。なにもしなければ彼は一生このままなのだ。

（二人でいれば、大丈夫）

闇の中でも自分たちは手を繋いでいる。絶対に離すことはない。

たとえ失敗しても自分はパトリスの手を放すことはない。それだけは確かな未来だった。


王宮から静かに貴族の中へ流れていく噂があった。

『国王パトリスの側妃は、十八年前行方不明になったオレリー・ド・ボアの娘だ』

というものだった。

髪の色や顔立ちはそれほど似てはいないが、物静かな性格で勉強好きなところは母の性格とそっくりだった。

最初は遠巻きに見ていた貴族たちも、徐々にマルティーヌへ接触を試みるようになる。

「マルティーヌ様、よろしいかしら」

ある日の午後、図書室にいたマルティーヌに声をかける者があった。三人の貴婦人たちだった。

「私たちは皆伯爵家のものですの。よろしければお茶などいかがかしら」

「よろしいのですか、私のようなものと」

マルティーヌは読んでいた本を閉じて椅子から立ち上がった。

「もちろんですよ。マルティーヌ様は王宮に来てからまだ日が浅いでしょう。もしよろしければ色々教えて差し上げたいわ」

「では、よかったら私の部屋に参りましょう」

マルティーヌは三人を自室へ連れていった。女官が扉を開くと彼女たちは一斉にため息をつく。

「まあ、なんて素晴らしいお部屋！」

マルティーヌの部屋には胡桃《くるみ》材の凝った家具が設《しつら》えられていた。カーテンは丁寧なレースと複雑な模様のゴブラン織り、天井には天使の絵が描かれていて、まだ絵の具の匂いが残っている。

飾り棚の上には大きな白磁の花瓶が置かれていて、薔薇や水仙がふんだんに盛られていた。

「こんなに豪華なお部屋だったのね」

貴婦人の一人が呟く。

「まだ私は自由に王宮を歩けないので、代わりに寂しくないように、と」

そう答えると三人は一斉にため息をつく。

「大事にされているのね、羨ましいわ」

女官に入れてもらったお茶を飲む。ティーカップも凝った絵付けの繊細なものだ。

「ねえ、衣装部屋を見せてくださらない？」

「パトリス様はどんな服を贈ってくださったのかしら」

三人の依頼に応えてマルティーヌは衣装部屋を案内する。それほど広くない場所はすでにドレスで一杯だった。

「いつの間にこんなに……」

「どれも素晴らしい生地だわ。デザインも仕立てもいい」

「宝飾品はあるの？　それがあればすぐにでも舞踏会に出られるじゃないの」

マルティーヌは自分の宝石入れを見せる。白金の鎖で仕立てたイエローサファイヤのネックレスが光っていた。

「素晴らしい細工ね。ねえ、つけてみて」

マルティーヌは恥ずかしそうに首を横にふった。

「いいえ、まだパトリス様の前で身に着けていないので」

三人は感に堪えたようなため息をついた。

「なんて仲のいいお二人なの。パトリス様は本当にあなたを愛していらっしゃるのね」

「この調子では子供が出来るのも時間の問題だわ」

パトリスは毎晩マルティーヌの部屋で一時過ごしてから自分の部屋に帰っている。そのことも三人は知っているはずだ。

「そうですね……」

マルティーヌはあいまいに笑う。

「ねえ、あなたはまだ正式な側妃にはならないの？」

王の子を産む可能性のある側妃は、きちんと名前が残されなければならない。その手続きがまだ済んでいなかった。

「そういうお話はパトリス様に任せておりますので……」

三人の貴婦人たちは顔を見合わせて含み笑いをする。

「でも……子供が出来たらそうはいかないわよね」

「きっとすぐよ、二人とも若いもの」

マルティーヌはわざと顔を暗くする。

「子供が出来ても側妃の身分がなければ不安定ですわ。私自身は孤児ですもの」

貴婦人の一人が耳元に口を寄せた。

「ねえ……あなたがある人の落としだねだって噂があるのだけど」

他の貴婦人も重ねてくる。

「もしその噂が本当なら凄いことだわ。側妃どころか王妃になれるわよ」

マルティーヌは表情をあいまいにする。

「分かりません、生まれた時から孤児院で育ってますので……」

貴婦人たちは部屋を見回す。

「ねえ、パトリス様がここまでマルティーヌ様に入れ込むということは……なにかご存じなのではなくて?」

「そうよねえ、どこの馬の骨とも知れぬ娘にこれほど金をかけるかしら」

「きっとなにか摑んでいるのよ、あなたの生まれをね」

「ねえ、本来の身分に戻ったら私たちと仲良くしてくださいね」

怖いほどの笑顔にマルティーヌはあいまいな表情を向けたままだった。彼女たちが立ち去ってからどっと疲れが出て椅子に座り込む。

その夜部屋を訪れたパトリスにマルティーヌは昼間の話を伝えた。

「なるほど、あの三人にこの部屋を見せたんだな」

長椅子に二人座り、パトリスはマルティーヌの肩を抱いていた。彼女が身に纏うのは仕立てあがったばかりの新しいドレスだ。

「恥ずかしかったです。なんだか自慢しているみたいで」

豪奢《ごうしゃ》な家具、高価なドレスや宝飾品、そんなものを貴婦人たちに見せるのがマルティーヌの役目だった。

「あの三人は社交界でも一番噂好きだとリュカが教えてくれた。私がお前に贅沢をさせていることは一気に広まるだろう」

マルティーヌは彼の肩に頰を寄せた。

「上手くいくかしら……」

パトリスは彼女の手をぎゅっと握った。

「上手くいくと信じている。彼らの思考は私が一番よく知っているのだ。このままお前がただ私の側妃になることを許すような人間ではない」

それでも胸の中には黒い塊が残っていた。

『どこの馬の骨とも知れぬ娘』

自分がもしオレリーの娘ではなかったら。

身元の証が立てられなかったら。

ここにいてはいけないのだろうか。

「もし、失敗したら……私は孤児院に帰ります」

パトリスはがばっと体を起こしてマルティーヌの顔を覗き込む。

「どうしてそんなことを言うんだ？　もし彼らがなにもしなかったらお前はここにいればいい。私がなんとしてでも側妃の身分をつけてやる。お前がこの部屋の主になるんだ」

そう言ってくれるパトリスの気持ちは嬉しかった。それでもマルティーヌの悲しみは去らなかった。

（生まれで全てが決まってしまうの？）

自分が誰の子供でも自分自身が変わるわけではないのに。

どこかの女ではなく、オレリー・ド・ボアの娘と分かれば皆の態度はまったく変わるのだ。

改めて貴族世界で生きていくことに恐怖を覚えた。

「怖いのです……きちんと身の証が立てられなかったら、一生噂に悩まされるわ。私だけではなく、子供の代まで……それが怖いの」

本当にオレリーの子なのか、本当はただの孤児なのではないか――噂はちょっとしたことであっけなくひっくり返るだろう。

「……私を一人にするな」

パトリスの声は聞いたことがないくらい弱弱しかった。

「私はお前を一目見た時から心惹かれていた。もしただの馬丁だったらすぐ妻に出来るのに……自分の身分をあれほど呪ったことはない」

マルティーヌは彼の胴にしがみつく。

「ごめんなさい、不安にさせるようなことを言って」

彼の腕が強く自分を抱きしめた。

「絶対にお前を守る。決して嫌な思いはさせない……だから、離れるなどと言わないでくれ」

深く口づけをされた。掌が体をまさぐる。

「お前を、完全に私のものにしてしまいたい」

その意味することをマルティーヌはすぐに悟った。

「私は……いいのですよ……」

毎日愛され、体はもうすっかり準備が出来ていた。

欲望に身を任せ、彼を感じたい。

パトリスはマルティーヌのドレスを脱がし始めた。下着だけになった彼女をベッドに運ぶ。

「なにもかも忘れてお前に溺れたい、何度そう思ったことか」

パトリスもシャツとトラウザーズを脱ぎ捨てた。下着の中の徴は大きく盛り上がっている。

「お前と繋がり、私の徴を残したい。二人の子供が出来ればお前の存在も無視できないものになる。いっそそうした方が楽だと思う時もある」

二人は下着姿のまま抱き合った。

「だが、やはり無理だ。未来が分からないのに自分の子をこの世に産み出すわけにはいかない」

薄物の上から背中を撫でられる。それだけで肌はぞくぞくと反応してしまう。

「だから、もう少しだけ我慢してくれ……私も堪えている、いつか、なんの心配もなく愛し合える時が来る」

「はい……」

マルティーヌはその言葉を信じた。

もし、未来が自分たちの思い描くものにならなくても。

今のこの瞬間だけは、真実だから。

(二人でそう願ったから)

胸の中には幸せな現実が現れる。

パトリスと自分が、ただ幸せな夫婦として生きている現実。

二人で作り上げた夢は、ただの夢ではなかった。

（私は一生覚えている）

運命が味方をせず、自分とパトリスが別れることになっても。

今同じ未来を思い描いたことは消えないはずだ。

「触らせて……」

下着の中から彼の徴を取り出し、手で包む。それは兎《うさぎ》の子供のように震えていた。

「もっと、擦ってくれ、私の欲望が消えるように……」

熱い筒を前後に擦ると先端からぬるりと露が溢れた。それを塗り付けるように指を動かすと、パトリスが低く呻く。

「いいよ……お前の肌も見せてくれ……」

下着の前をはだけ、胸を剥き出しにされた。うっすらと汗をかいている胸の谷間に彼が顔を埋める。

「いい香りがする……百合《ゆり》のようだ」

マルティーヌは夢中で指を動かす。手の中の徴がぴくぴくと蠢き始めた。

「陛下……」

「いきそうだ、そのまま、包んでいてくれ」

彼は胸の間で荒い息を吐きながらあっという間に達した。熱い露が指の間から溢れる。

「気持ちいい……お前の中に出したら、きっともっと気持ちいいのだろうな」

触れられてもいない足の間が、熱かった。彼と深く繋がったらどれほど幸せだろう。

「私は、信じていますわ、いつかきっと」

下着を脱がされ、彼の指が前から足の間に滑り込んできた。

「あ……」

そこはもう、恥ずかしいほど濡れている。

「熱い……」

湯のように蜜が溢れている、花弁の入り口にそっと指先が触れた。

柔らかな果肉を傷つけぬよう、彼の指がごく優しく動く。

「ああ……」

すでに熱を持っていた体はゆるやかに昇りつめていく。

「お前の汗が、かぐわしい……」

パトリスは再びマルティーヌの胸に顔を埋めた。そこは汗ばみ、しっとりと彼の頬に吸い付く。

舌で胸の谷間を探りながら親指が膨らんだ雌核を捉えた。

「ひあ……」

人差し指を浅く差し込みながら親指で丸い淫芯を擦る、さらに胸の谷間を舌でなぞった。

「ああ、ああ、もう……！」

全身が震えてあっけなく達してしまった。自分の中に入っている指に自分自身が絡みつくのが分かる。

「や、駄目……」

達したばかりの花弁をさらに擽られると、腰が勝手にびくびくと動いてしまう。

「感じやすいな、可愛いよ」

耳元で囁かれると気が遠くなるほど幸せだった。

「抱きしめてください……」

うっすらと汗ばんだ体のまま、二人は抱き合った。

（いつか）

体の全てを二人、分け合える日が来る。

一緒に朝まで寝ることが出来る。

ただひたすら、その日が来ることを信じていた。

八　陰謀が蠢く

朝、マルティーヌが寝間着からドレスに着替えている間に寝台のシーツが交換される。彼女の部屋で使われているシーツすら特別に作られたものだった。四隅に薔薇の刺繍が施されている。

汚れものは王宮一階の隅にある洗濯部屋に集められた。大量のシーツが鍋に入れられ、煮洗いされている。

絞ったシーツを裏庭で干しているのはララだった。薔薇の刺繍があるシーツを干している彼女を一緒に働いている洗濯女がからかうように言う。

「あんた、友達が王様の側妃になったんだろう？　こんなきつい仕事などせず楽な女官にでもしてもらえばいいのに」

ララは勢いよくシーツの皺《しわ》を伸ばしながら言う。

「仕方ないですよ。王宮の奥まで入る女官は身元がしっかりしてなければいけないんです。孤児のあたしは洗濯室どまりですよ」

「でも、友達も孤児なんだろう？」

ララは一瞬言葉を止め、躊躇いながら打ち明ける。

「どうなんでしょうね……あの子は貴族の落としだねかもしれないって噂があるでしょう。元からあたしとは生まれが違ったんだ」

シーツを干し終えて戻ろうとした時、ララの目の前に現れた人物がある。

「リーズさん……」

普段は服の手入れをしているはずの彼女が、何故ここにいるのだろう、ララはいぶかしんだ。

「世の中って不公平だよね。同じ女の子なのに一方は豪華な部屋で絹のドレスを着て、あんたは麻の服で洗濯をしている」

「だって、どうしろというんですか。王様が好きなのはマルティーヌであたしじゃないんだから」

リーズの隣をすり抜け中に入ろうとするララの腕を彼女が摑んだ。

「リーズさん？」

「男があの娘に夢中になるのは仕方ないよ。確かに可愛いからね――それで実は貴族の娘だなんて、出来過ぎじゃないかい？」

「……なにをおっしゃりたいんですか」

　ララにはリーズの言葉の意味が分からなかった。

「片方が二つ持って行って、もう一方はなにも持っていないなんて不公平だと思うのさ。だったら一つはあんたが貰ってもいいんじゃないの？」

　その時、リーズの背後からもう一人の人間が現れた。

「あ……！」

　思わぬ人物が現れて、ララは思わず平伏した。一度会ったことはあるが、雲の上の人物だったからだ。

「友人は大切かな？」

　その人物は低い声で言った。

「マルティーヌのことですか？　当たり前です、生まれてからずっと一緒だったんですよ」

「だが今君の側に彼女はいないぞ」

「…………」

　ララは黙り込んだ。

「このままマルティーヌがド・ボア家の娘になったらおそらくパトリスは彼女と正式に結婚するだろう。彼女がこの国の王妃になるのだ。そうなっても彼女は君と友人でいてくれるかな」

「……変わらないわ、きっと」

その人物は髭の下でにやりと笑った。

「今はそう思っているだろう。だが人間は立場が変われば性格も変わる。向こうがお前を友人と思っていても、周囲が許さないだろう」

「どうしろとおっしゃるの。あたしはあたし、マルティーヌはマルティーヌだわ。入れ替われるわけじゃないもの」

彼が一歩ララの方へ近づく。

「そうとも限らん」

「え？」

「お前とマルティーヌは同じ年に修道院に預けられた。どちらがどちらかだなんて誰も分からぬ、そうではないか」

ララの表情が変わる。

「……なにを考えてるの」

彼の口が髭の下で大きく笑った。

「お前の考え次第だ。このまま洗濯女で終わってもいいなら私はなにもしない。だが、お前がその気になってくれれば――ド・ボアの財産はお前のものだ」

男は長々と話をした。彼の話をララは俯いて聞き続けた。

「どうだ？　上手くいくとは思わぬか」

しばらく黙っていたララはようやく顔を上げた。

「本当にそんなこと、出来るんですか？　失敗したら、あたしは大事な友達を失うことになるわ」

その人物は大きく笑った。

「失敗を気にするということは、半分やる気になったということだな」

彼がララの肩を摑んだ。

「安心しろ、失敗することはない。こちらには――子供のことを一番良く知っている人物を押さえているのだ」

その顔は微笑んでいた。

「それなら、いいですよ」

彼女の目はしっかりと彼の顔を見つめている。

「あの屋敷、素敵だったわ」

男も笑顔になった。

「そうだ、あれはお前のものだ」

マルティーヌが側妃になってから半年ほど過ぎた。季節は秋から冬に移ろうとしている。

「舞踏会？」

自分の部屋で茶を飲みながらパトリスと語らっていた。女官たちがサブレやカヌレをテーブルの前に並べる。

「そうだ、本格的な冬が来る前に舞踏会をするのが習わしだったんだ。父が死んでからずっとやっていなかったが」

嬉しかった。彼がやっと人とかかわる気になってくれたのだ。

「いいと思うわ。きっと素敵な会になるでしょう」

「だが準備はどうしようか。十年以上開催していないので、使用人たちもやり方を覚えていないのではないか」

マルティーヌは考えを巡らせる。

「でも古い女官や侍従は沢山いるわ。招待状やメニュー表だって残っているはずよ。そういったものを集めればきっと開催できるわ」

パトリスは彼女の頭を引き寄せ、額にキスをする。

「その場で、お前がオレリーの娘ということを公表するつもりだ」

「そんな」

まだ自分が彼女の娘だという確たる証拠はないのだ。持っているのはただ、彼女がパトリスの詩を書き写した一冊の手帳だけ。

「確かに証拠は弱い。だが証人は私だ。私が『確かにこれは自分が作った詩である』と宣言すれば、誰も反論は出来まい」

「皆が信じてくださるでしょうか。私を妻にするために偽りの証拠を出したと疑われないかしら」

「そんなことをいう者は王を誹謗《ひぼう》中傷したとして罰してやる」

パトリスは小さな茶色の革の手帳を取り出した。あの詩が書いてある唯一の証拠だ。

「これはお前の部屋に鍵をかけてしまっておこう。舞踏会の夜に出して、皆に披露するのだ。オレリーの書いたものは全て失われてしまったが、見れば彼女の筆跡を思い出す人間もいるかもしれぬ」

「でも、私はオレリー様とルイの子かもしれないのでしょう？」

不倫の子と思われるのではないか、そんな心配をパトリスは打ち消した。

「ダヴィッドとオレリーの死は結局裁判にもならず、急死としてしか処理されていない。お前がルイの子と言う証拠もないのだ。ならばダヴィッドの子でいい、それで押し通す」

「そんなことが出来るのでしょうか。あまりに無理を通すと皆が反発するのでは」

女官が見ている前でパトリスはマルティーヌに口づけをした。

「お前でなければ愛せない。この国の行く末を想うのなら賛成するだろう。このままでは跡継ぎが出来ないのだから」

二人はしばらくキスを繰り返しながら抱き合っていた。冷めてしまった紅茶を女官が入れ直してくれる。

「不安だけど、頑張りますわ」

「ああ、あのイエローサファイヤのネックレスをお披露目《ひろめ》するがいい。あれは良く似合っている」

「ありがとうございます」

パトリスはマルティーヌの髪を何度も撫でた。

「本当はもっと贅沢をさせたい。ドレスも宝飾品も振るほど与えたいし、お前のために屋敷も建てたい。だから正式な妻にしたいのだ。誰にはばかることなくお前を愛するために」

マルティーヌは彼の胸の中で首をそっと横に振る。

「贅沢などいりません、私はパトリス様のお側にいられればいいのですから」


次の日から王宮は舞踏会の準備が始まった。マルティーヌは朝から図書室に籠もって昔のメニューや招待状を読み込んだ。

「メインは毎年鴨《かも》なのね。デザートは流行《はや》りのものを使った方がいいのかしら。パティシエに相談しなくては」

今の王宮には舞踏会を仕切る人間がいなかった。自然マルティーヌが皆に指示を出す形になる。

「マルティーヌ様、シェフが料理の相談をしたいと申しております」

女官からそう話しかけられて思わず噴き出してしまった。

「おかしいわね、私が偉そうに意見を求められるなんて……本来ならこの王宮で一番下の身分なのに」

女官は穏やかに笑う。

「いいえ、皆マルティーヌ様を頼りにしております。パトリス様にお尋ねしても『マルティーヌに聞いてくれ』とおっしゃるばかりなので」

「あの方ったら……」

自分が舞踏会を開くと言ったのに、準備に関してはまるで興味を示さなかった。相変わらず馬小屋にいる時間も長い。もともと華やかな場は好きではないのだ。

（私だって舞踏会など知らないのに）

開催が決まってから大急ぎでダンスや礼儀作法を習っている。その合間を縫って使用人たちとメニューや飾りつけの打ち合わせもある。

さすがにくたくたになり、夜は床につくとあっという間に眠ってしまった。

（ララはどうしているだろう）

ふとそんなことを思い出す。毎日清潔なシーツで眠れているのは彼女たちのおかげだった。薔薇の刺繍が施されたシーツの縁を引っ張りだして触れた。彼女が洗っているはずの布だった。

（舞踏会が終わったら、ゆっくり話したい。またあの三段ベッドで眠れるかしら）

自分の運命はどうなるのだろう。不安と期待を同時に抱えながら、マルティーヌは眠りにつく。

王宮の厨房《ちゅうぼう》には何羽もの鴨が並び、デザート用の卵が山のように積まれている。

そして、とうとう舞踏会の夜がやってきた。

十何年ぶりの華やかさが王宮に戻ってきた。厨房では朝から料理の仕込みが始まり、掃除担当の女官たちは最後の仕上げに余念がない。庭師は王宮のファサードへと繋がる庭木の枝一本一本に細かく鋏《はさみ》を入れていた。

「懐かしいわ」

マルティーヌはその様子を窓から見てぽつんと呟いた。

「どうされました？」

身支度を手伝ってくれていた女官が声をかける。

「春、私はここへやってきたのよ。馬車に乗って王宮の中へ入った。こんな大きな庭を見るのも初めてだったわ」

中門の塀が見える。あの下をくぐって王宮の裏へ逃げたのだ。あの時は夢中だった、自分の運命から逃げるために。

「緊張されていますか？」

下着を着せてくれている女官がそっと気遣ってくれた。

「分かるの？」

「お肩が硬くなっております」

彼女がそっと肩から背中を撫でてくれた。気が付かなかったが、全身に力が入って棒のように硬直していたのだ。

「ありがとう、少し楽になったわ」

マルティーヌは大きく深呼吸を繰り返す。

「無理もありませんわ、本当に久しぶりの舞踏会ですもの」

「私にとっては生まれて初めてよ。しかも自分がホステス側、不安になって当たり前だわ」

女官は穏やかに微笑む。

「でもパトリス様がついていますわ。マルティーヌ様は微笑んでいるだけでいいとおっしゃっていました」

そう言われて顔が赤くなる。パトリスは舞踏会が近づいて緊張が強くなるマルティーヌをいつも気遣ってくれた。

『今回の舞踏会はお前のお披露目もある。お前は美しく装って現れればいいのだ』

そうは言われても木偶《でく》の棒《ぼう》のように突っ立っているわけにはいかない。ダンスも必要だし貴族たちの名前を覚える必要がある。

「パトリス様がマルティーヌ様を慈しんでおられるのはもう皆様が知ってらっしゃいますもの。ご安心くださいませ」

「……それだけではないの、知っているでしょう」

パトリスは自分がオレリーの娘だと発表するつもりだ。そのことは身近にいる女官たちも聞いているはずだ。

「……私は昔のことは分かりません。王宮に来たのは五年前なので。でも、パトリス様のなさることに間違いはないですわ」

女官の声に力はなかった。本音ではそう思っていないことが透けている。

(これでいい)

ここまで来るのに出来ることは全てやった。今のところなんの問題もなかった。

「さあ、ドレスを着ましょう」

今夜身に着けるのは深い緑のドレスだった。オレリーの肖像画を思わせるそれを身に着けると、本当に自分が彼女の娘ではないかと思える。

（オレリー、あなたが本当にお母様なの？）

未だ自分では実感がなかった。女官がイエローサファイヤのネックレスを首に取りつける。

「まあ、なんて美しい」

鏡の中に現れた自分は、頬が紅潮していて確かに内側から光っているようだ。

「マルティーヌ、支度は出来たか」

「はい」

振り返ると彼の顔が照れ臭そうに輝く。

「美しいな……皆に見せるのがもったいないほどだ」

そういうパトリスも肩に金モールのついた礼服に身を包んでいる。もともと精悍な彼がさらに凛々《りり》しかった。

「そろそろ客がホールに集まっているようだ。いこうか」

彼は腕を差し出す。マルティーヌはそれを摑むことを一瞬躊躇した。

てくれるだろうか。

「……上手くいくでしょうか」

準備は全て揃った。それでも不安だった。なにより皆が自分のことを信じて、受け入れてくれるだろうか。

「どうした？」

「私も不安だ」

パトリスがそう言ったので驚いた。彼はずっと、自信を持ってことを進めていると思っていたからだ。

「皆が私のことを信じてくれるだろうか。敵は強大だ。私のせいでお前まで非難されることになったら」

マルティーヌは彼の肘に手を差し入れ、ぎゅっと摑む。

「どんなことになっても私はパトリス様の側にいます」

二人は見つめ合った。お互いの瞳に相手が映る。

「それすら許されないかもしれない。私の言葉が受け入れられなければ、お前は私から引き離されるだろう」

そうかもしれない。自分は嘘つきの悪女として糾弾され、牢屋に入れられるかもしれない。

そこまで考えてマルティーヌは思わずくすっと笑った。

「もしそうなったら、ここから逃げましょう」

パトリスの目が丸くなる。

「逃げる？」

「そうです、王宮から逃げて茂みに隠れ逃げるのよ、私のように」

マテウに妾にされそうになった、あの運命から逃げ出さなければ彼と出会えなかった。

「馬に乗って私がいた孤児院に行きましょう。きっと助けてくれます。コンスタンス様は私を育ててくれた人だもの」

パトリスはとうとう笑い出した。

「それはいい。田舎で馬を飼い畑を耕す、そんな生活もいいかもしれない」

彼はマルティーヌの体を抱きしめた。

「ありがとう、お前のおかげで勇気が湧いてきた。もうなにも怖くない」

それはマルティーヌも同じだった。さっきまで足をすくませていた恐怖が消え去っている。

パトリスが側にいてくれるなら、なにも怖くなかった。

「さあ行こう、皆が待っている」

「はい」

二人は王宮の長い廊下をゆっくりと歩みだす。

　長い間使われなかった大広間が、今夜は人で埋まっていた。着飾った貴族たちがお互いのドレスの裾が触れるほど密集している。

「まあ、お久しぶり、皆で集まるのはいつぶりかしら」

「お嬢様、大きくなったのねえ」

「やっぱりこういう集まりがあると楽しいわ」

　久しぶりに一堂に会した貴族たちは皆頬を染めて旧交を温め合う。そして話題はパトリスとその側妃のことになっていった。

「王がようやく女性を見初めたと」

「孤児なんですって、それでは側妃にしてもどうかしら」

「でも、もしかするとオレリー様の子供かもしれないと」

「オレリーって、騎士と不倫をして夫を殺したという……」

「そんな女の子供なんて、怖いわ」

「貴族の娘など沢山いるのに、なにもそんな女を選ばなくても」

　その時楽団がひときわ大きく演奏する。王のためだけに奏でられる曲だった。皆が大広間の入り口に注目する。

大きな扉が開き、パトリスとマルティーヌが皆の前に現れた。

「おお……」

さっきまで噂をしていた人間たちも、マルティーヌの姿を見て一瞬息を呑む。緑のドレスに身を包み、胸元にイエローサファイヤを煌めかせた彼女は皆の想像以上に美しかった。

楽団がひときわ華やかにワルツを奏でる。するとパトリスはすっとマルティーヌに向き合い、腰を抱いた。

「陛下……？」

確か、すぐ自分を貴族の面々に紹介するのではなかったか、だがパトリスは熱っぽく自分を見つめて手を握る。

「先に踊ろう。お前の姿をたっぷり皆に見せるのだ。オレリーを覚えている者も多い。母親の面影を見るだろう」

自分とオレリーは似ていないのに、母親を思い出してくれるだろうか——パトリスに導かれてマルティーヌはおずおずと踊りだした。

パトリスは自分に気を使って簡単なステップを繰り返す。緊張していたマルティーヌもやがて音楽に乗ることが出来た。

美しい緑のドレスが翻るたび、周囲の貴族たちがため息をつく。

「美しいわね、それに気品があるわ」

「やはり、似ているか？　あの人に」

「あのドレスの色じゃない？　あんな服を持っていたわ」

「いや、やはり似ているよ、体つきが」

ホールの真ん中でゆるやかに踊っているうちに、皆の視線が優しくなっていく気配がした。安堵のあまり彼の胸の中で軽くため息をつく。

「落ち着いたか」

見下ろす彼の顔は優しかった。自分の緊張を解くためのダンスだったのか——彼の優しさが嬉しかった。

「ありがとう、もう大丈夫ですわ」

パトリスは穏やかに微笑むと、ゆっくりとステップを止める。ホールの視線が全て自分たちの上に集まった。

「皆、集まってくれて嬉しい。長い間冬の舞踏会、いやその他の集まりを開催せずすまなかった」

パトリスの声が大広間の隅まで響き渡った。その堂々とした態度も貴族たちを圧倒した。

「パトリス様は父上を亡くされた悲しみの中にいたのです。無理もありません」

貴族の一人が歩み寄る。

「そうだ、私は一人暗闇の中にいた。それを救ってくれたのは彼女だ」

パトリスは隣にいたマルティーヌを一歩前に出す。彼女は礼儀正しくお辞儀をした。

「皆気にしております、その女性は……」

マルティーヌはゆっくり顔を上げた。貴族たち一人一人の顔をはっきり見る。

「マルティーヌ・ロジェ、この女性は十八年前に死んだオレリー・ド・ボアの娘だ」

大広間を埋め尽くす貴族たちが一斉にざわめく。

「まさか」

「あの子は死んだのでは」

「いや、死体は見つからなかった」

「不倫の子では」

「本当にオレリーの子なの？」

ざわめきが収まるまでパトリスはしばらく待った。

「信じられぬのも無理はない。だが私の話を聞いてくれ。彼女はオレリーと私しか知らない詩を知っていた。それが証拠だ」

パトリスの言葉を聞いても、皆の怪訝《けげん》な顔は無くならなかった。マルティーヌの胸に不安が拡がる。

（上手くいくだろうか）

「証拠と言うのはそれだけなのですか？　その詩と言うものを見せてください」

するとパトリスは口ごもる。

「実は……詩が書いてある手帳が盗まれてしまったのだ。鍵をかけた引き出しに入れておいたのに無くなってしまった」

皆が動揺の声を出す。

「唯一の証拠だったのでは？」

「それでは彼女をオレリーの娘とは認められない」

騒ぐ貴族たちをパトリスが制した。

「待て、今マルティーヌが詩を歌う。それを聞いてくれ」

マルティーヌは歌い慣れた詩を口ずさんだ。

『空には雲雀、地には黄の薔薇、柳の下であなたを待つ　草の香り、あなたが踏んだ草の香り』

不意に、声が聞こえた。

詩を奏でるマルティーヌの声に重ねて、同じ詩を歌っている者がいた。

パトリスではない、女性の声だった。

『蒲公英を踏まないで　それは私の心　薔薇ではなく地に咲く蒲公英　それが私の心』

皆が一斉に振り返る。現れたのは国務大臣のジャコブだった。

そして、あの詩を歌っているのは――。

『柳の木の下であなたを待つ』

「ララ」

マルティーヌの目の前に現れたのは、見違えるほど美しく着飾ったララだった。

生まれた時から一緒だった友達が、自分しか知らないはずの詩を知っている。

マルティーヌを見つけた彼女はにっこりと笑った。彼女の隣にいるジャコブが口を開く。

「パトリス様、せっかくの集まりに水を差すことをお許しください。しかしあなた様がその女に騙されていることを黙って見ていることは出来ませぬ」

「騙されているだと？」

パトリスは声を荒らげた。

「そうです、確かにオレリー殿の娘は孤児院に預けられました。だが彼女ではないのです。本物はここにいるララなのです」

名を出されてララは礼儀正しくお辞儀をした。貴族たちはマルティーヌとララを交互に見かわす。

「ごらんなさい、これがオレリー様の手帳です」

ジャコブは茶色の革の手帳を取り出した。それは確かにマルティーヌの部屋にあったはずのものだった。

「それは彼女のものだ。お前が盗んだのか？」

ジャコブの顔が少し歪む。

「お許しください。しかしこれはもともとララのものだ。孤児院でマルティーヌが院長の部屋から盗んだのです。曰《いわ》くありそうなものなので、自分のものにしたかったのでしょう」

とうとう我慢できなくなった貴族たちが騒ぎ出した。

「オレリーの娘が二人出てくるなんて、私たちはどちらを信じればいい？」

「なにか、もっとしっかりとした証拠はないのか」

口々にわめきだす彼らにパトリスが声を放った。

「私を信じてくれ、彼女が本当の娘だ。証拠は私の言葉だ」

それを聞いても皆の疑惑は去らない。

「パトリス様はずっと引きこもっておられたではないか」

「職務も碌にせず、馬の世話をしていた」

「急に美しい女が現れたから、目がくらんでいるのでは？」

皆の疑問が出切ったところでジャコブが再び口を開いた。

「皆様が疑念を持たれるのは無理もない。では証人を出しましょう」

「証人？」

パトリスがジャコブを睨みつける。

「オレリーの赤ん坊を孤児院に預けた女です。当時ド・ボア家の女官をしておりました。事件の全てを目撃しております」

皆の声がいっそう高くなる。マルティーヌは思わずパトリスを見上げてしまった。

二人の目が合う。彼は視線だけで頷いた。

(大丈夫)

彼の顔を見ただけで胸の動悸《どうき》が落ち着いてきた。

「さあ、こちらへおいで」

ジャコブの声に呼ばれて一人の女性が現れた。地味な服を着た中年の女性だった。貴族たちが一斉に彼女に呼びかける。

「お前がダヴィッド殿が死んだ時、側にいたのか？」

「何故今まで出てこなかった。あの事件は未解決のままだ」

「本当にルイがダヴィッド殿を殺したのか」

大広間が割れんばかりの騒音に包まれる中、パトリスとマルティーヌは凍り付いたように動かなかった。

ジャコブが片手をあげ、皆を制する。

「皆静かにしてくれ。彼女が話せないじゃないか」

大広間にいる全員が息を呑んで彼女を見つめる。マルティーヌは祈るような気持ちだった。

（どうか、ああ、どうか）

「さあ、遠慮することはない。君が知っていることを話して差し上げなさい」

白髪交じりの髪を小さくまとめている女性はゆっくり顔を上げた。

「私の名はアンナ、当時ド・ボア家で乳母をしていました」

地味な身なりの女性は静かに語りだした。

「あの夜、旦那様の部屋から悲鳴が聞こえ……恐ろしいことが起きました。私は生まれて半年のお嬢様を助けることしか出来なかった」

アンナは一筋涙を零《こぼ》した。ジャコブがゆっくり近づく。

「さあ、その子のためにも証言しなさい。お前が孤児院に預けたのはどちらの娘なんだい？」

涙をぬぐったアンナは顔を上げた。

「忘れたことはありません。お嬢様の目、成長してもあの色は変わらないはずです」

彼女はマルティーヌとララの方へ近づいてきた。それを見守るジャコブの顔には微笑みが浮かんでいる。

アンナは二人の娘の顔を見比べた。だがなかなか口を開こうとはしない。

「どうしたのだ、王や貴族の皆様を待たせるのではない」

それでもアンナは躊躇うような表情を見せていた。だが――パトリスとマルティーヌの背後にいる人間を見た時ぱっと顔が明るくなった。

「あなた！　フランソワ！」

いつの間にか、地味な服を着た二人の男性がパトリスたちの後ろに立っていた。一人はアンナと同じくらいの年齢で、もう一人は若い。どちらも戸惑うような表情だった。

「お前、これはどういうことだ。どうして俺たちが王宮に連れてこられたのだ？」

若い男もアンナに話しかけた。

「お母さん、なんでそこにいるの？　こっちに来てよ」

彼はアンナの子供らしかった。母親は息子の顔を見て少し涙ぐむ。

「そこで待ってて。お母さんはやらなきゃいけないことがあるの」

彼女はもう一歩、前に踏み出し――そして、指さした。


「この方がオレリー様のお子様です」

その指先は――マルティーヌを指さしていた。

大広間はしばらく凍り付いたように静かだった。

最初に言葉を発したのはジャコブだった。先ほどまでの笑みが嘘のように消え、頬が蒼《そう》白《はく》になっている。

「なんだと」

押しつぶすような声が彼の口から漏れた。

「よく見ろ、お前はララのほうがオレリーの娘だと言ったではないか。あれは嘘だったのか。私を騙したのか」

アンナは怯えたように顔を顰《しか》める。

「私は、そんなことは申しておりません……」

ジャコブの顔が今度は赤く染まる。

「嘘を言って私を騙したのだな。牢屋にいれて処刑してやる、そうでなければ本当のことを……」

その時大広間にパトリスの声が響き渡った。

「皆、その場から動くな！」

あまりの迫力にマルティーヌは思わずパトリスに縋りついた。その肩を彼が抱き寄せてくれる。

　彼の力強さに勇気づけられた。

（きっと、成功するわ）

「アンナ、こちらへ来い。ジャコブ殿、彼女に近づかないでください」

「なんだと……」

　パトリスに詰め寄ろうとしたジャコブだったが周囲を見渡してぎょっとする。いつの間にか大広間を囲むように兵隊たちが並んでいたからだ。

「皆落ち着いて欲しい。この兵たちはアンナを守るためのものだ。さあアンナ、夫と息子の側に来るといい」

「ああ！」

　アンナは彼らの元に駆け寄り抱き着いた。男は彼女を抱きとめながら戸惑った表情を見せる。

「どうなっているんだ。お前が突然いなくなったと思ったら今度は俺たちが兵士に連れられ王宮に来た。お前はいったいなにをしたんだよ」

　アンナはおいおいと泣いていた。その顔はようやく緊張が取れた表情をしている。

「パトリス様が私たちを守ってくださるのよ。真実を話せるように」

　アンナはゆっくりマルティーヌに近づいた。そしてその目をしっかりと見つめる。

「アンナさん」

彼女の目に晒されることが怖かった。全てが今、明らかになる。

「私は誰なの？」

彼女の手が自分の頰に触れた。

「灰色に少し緑が混ざる色……間違いありません」

とうとう、答えがもたらされる。

「あなた様こそオレリー様の子供、ヴィオレット様です」

次の瞬間ジャコブがうめき声を上げた。

「お前、嘘をついたな。この女がオレリーの子と言ったではないか。国務大臣をたばかるとは許さん、家族全員縛り首にしてやる！」

彼に指さされたララはしばらく黙っていた、そして――勢いよく笑いだしたのだ。

「あはははは、ははは、ああおかしい」

ジャコブがぽかんと彼女を見つめる。

「あんたがあたしのところへ来た時、笑い出しそうになるのを止めるのに苦労したわ。だってパトリス様の狙い通り、私をマルティーヌの身代わりにしようとしたんですもの」

「なんだと……」

彼はパトリスの方へ向き直る。

「まさか」

「そうだ」

パトリスは真っ直ぐジャコブの目を見つめていた。

「私はララをわざと洗濯部屋に置いておいたのだ。マルティーヌと同じ境遇、同い年の娘がいれば、犯人はきっと彼女を利用するはずだ。そして証人を連れてきてくれる。私がどうしても見つけることが出来なかった、貴重な証人を」

パトリスはアンナの手を握り、自分の方へ近づけた。

「お前がアンナを連れてきてくれた。これでマルティーヌの身の証が立てられる。一度だけ、礼を言うぞ」

パトリスの目がきつく光る。

「だが礼はこれで終わりだ。ダヴィッド、オレリー、ルイの死、さらには我が父の病にもお前がかかわっていると思っている。取り調べには素直に応じるように、それがお前の出来る唯一の償いだ」

ジャコブはその場に崩れ落ちた。別人のように生気がなくなっている。

「ララ！」

マルティーヌは友人の名を呼ぶ。ドレスの裾を蹴上げるようにしてララが駆け寄り、マルティーヌに抱き着いた。

「マルティーヌ、やったわあたしたち、上手くいったのよ」

「ララのおかげよ、本当にありがとう」

ジャコブの顔がゆっくりとこちらを向く。

「お前たち、連絡を取り合っていたのか」

ララはマルティーヌに抱き着いたまま顔だけそちらに向けた。

「そうよ、私を身代わりにすることもアンナさんのことも全部マルティーヌを通じてパトリス様に伝えていたわ」

「何故だ、お前のことは見張っていた。一度もマルティーヌと会っていないし手紙も出していないはずだ！」

激高するジャコブにマルティーヌが静かに答える。

「シーツよ。毎日変えるシーツの縁に小さな紙を丸めて縫い込んでくれたの。私はシーツの縁を触って手紙が入っていないか確かめていたわ。初めて入っていた時は嬉しかった
……パトリス様の計画通りだったから」

ジャコブは呆然と空を見つめていた。

「どうしてだ……どうして私があの女を利用すると思った？　何故そこまで見抜くことが出来たのだ」

パトリスはジャコブの方へ一歩歩み寄った。

「それは、私が犯人のことをずっと考えていたからだ」

ジャコブも、大広間を埋め尽くす貴族たちも静まり返っていた。

「オレリーは不倫の濡れ衣を着せられた。それは夫のダヴィッドが妻よりかなり年上だからだ。若く美しい妻が騎士と不倫をする、そんなことを想像してしまう人の弱い心に付け込んだ。ならばその犯人はきっとこう考えるはずだ。『同じ孤児院出身の、同じ年の娘は友人に嫉妬するはずだ』と」

パトリスはマルティーヌとララの隣に並ぶ。

「だから彼女をあえて洗濯部屋に置いたままにした。マルティーヌにドレスや宝石を買い与えたのもそのためだ。『友人は贅沢をしているのに、自分は』そんな風に犯人は考える、そして近づいてくるだろう。マス釣りのための餌のようなものだ」

ジャコブはしばらく黙っていた。そしてにやりと笑う。

「馬鹿な娘だ、友情を取って莫大《ばくだい》な財産をふいにするなど」

彼の目はララに向いていた。

「お前の友達を助けても、お前は孤児の洗濯女のままなんだぞ。いつかこのことを後悔するといい、あの時私の方につけば良かったと思う日がくるだろう」

「そんな日、天地がひっくり返っても無いわ」

ララがきっぱりと言う。

「あんたが私のことを馬鹿にしていることなんか分かっているわよ。もし本当にド・ボア家の娘になれたとしても、一生あんたに脅されて生きなきゃならない。そんなのごめんだわ。一生洗濯していた方がましよ」

マルティーヌはララをもう一度ぎゅっと抱きしめた。

「本当にありがとう、ララが友人で良かった」

ララはじっと友人を見つめる。

「あんた、怖くなかったの？　あたしがあんたを裏切ってド・ボア家の娘に成りすますとは思わなかった？」

マルティーヌは目を丸くする。

「まあ驚いた。そんなこと考えもしなかったわ。なんてこと言うのよ」

ララはけらけらと笑い出す。

「あんたがそんな子だから、友達なのよ」

笑いあう少女たちを、ジャコブは呆然と見つめていた。

「私はダヴィッド様の屋敷に乳母として雇われていました。子供が生まれたばかりでお金が欲しかったのです」

舞踏会はお開きになり、部屋を移動してパトリス、マルティーヌ、そしてアンナだけになった。アンナは自分の話を家族にも聞かせたがらなかった。

「オレリー様の出産前から私は屋敷で働いていました。そんな時ド・ボア家をよく訪れていたのがジャコブ様です。国務副大臣という偉い方なのに、私のような女にも優しくしていただいて……でも、それも罠だったのです」

なにかにつけ金銭や贈り物をしてくれるジャコブにアンナは懐柔されていった。それこそ彼の計画の一部だったのだ。

オレリーはお腹が大きくなってからあまり屋敷から出ないようになっていた。なので勉強のため十歳のパトリスが屋敷を訪れるようになっていた。

「ルイ様はパトリス様の教育係だったので付き添いとしてド・ボア家を訪れていました。もちろんオレリー様と二人きりになることはありません。それなのに、いつの間にかお二人の仲を疑う噂が流れていたのです」

それもきっとジャコブが裏で操っていたのだろう。どこまでも用意周到な男だった。

「そして、あの夜が訪れたのです」

夜が更けてから突然ジャコブが現れた。国政のことで相談があるといい、ダヴィッドの部屋に二人きりで入った。アンナはオレリーと赤ん坊と一緒だった。

そこへ、何故かルイも現れた。

「オレリー殿が、パトリス様のことで相談があると手紙をいただいたのだが」

もちろんオレリーはそんな手紙を出していない。いぶかしがりながらルイを向かい入れた時――とうとうそれが起こったのだ。

黒い覆面をつけた男たちが現れ、使用人たちの部屋を塞いで外に出られないようにした。オレリーとルイ、赤ん坊とアンナは寝室に拘束された。

「彼らは私の腕から赤ん坊を奪い取りました。そして、旦那様の部屋から恐ろしい声が……」

人の悲鳴とうめき声、それが消えた頃こちらにやってくる足音が聞こえた。寝室にやってきたのは――。

「ジャコブ様でした。手には血の付いた剣を持っていたのです」

その時すでにダヴィッドは殺されていた。そしてその罪をルイとオレリーに着せたのだった。

「もちろんルイとオレリー様は抵抗しようとしました。でも赤ん坊を人質に取られていたのです。生まれて半年しか経っていない赤ん坊は片手でも命を奪えるほど儚《はかな》い存在だったのです」

アンナの言葉にマルティーヌは思わず涙を零した。母もルイも、どれほど悔しかっただろう。

「ジャコブ様はお二人を川べりに連れて行きました。そこから飛び込み、心中したように見せるためです。オレリー様は何度もおっしゃいました。『私たちが死ねば、赤ん坊は生かしてくれるのですね？』ルイ様は奥様をしっかり抱きしめていました。苦痛を少しでも和らげるように」

二人とも自分を助けるために命を捨ててくれたのだ。嗚咽《おえつ》するマルティーヌをパトリスがしっかり抱きしめた。

「お二人が川底に沈んだ後――ジャコブ様は赤ん坊も殺そうとしました。私はそれだけは出来ないと抵抗したのです」

自分はそこで死ぬ運命だったのか。改めて恐怖に襲われる。

「私は彼らの目を欺くため嘘をつきました。『女の子は人買いに高く売れます。これほど愛らしい子ならなおさら』。するとジャコブ様は笑いました。『なるほど、オレリーの娘が娼館で働くのもおもしろい』そこでやっとあなたを返してもらえたのです」

改めて、アンナが自分の側にいてくれて良かったと思った。もし彼女でなければ自分は死んでいたか、人買いに売られ一生奴隷生活だったろう。

『その子は遠くの人買いに売るのだ。もちろん正体など明かすのではないぞ。もしのちに現れたら、お前もお前の家族も全員殺す』いつの間にか、私の家族の居場所もすっかり知られていたのです」

（ああ、やはり）

パトリスの想像通りだった。犯人は証人の居場所も家族も押さえていた。

「赤ん坊が身に着けていた服やおくるみは全て奪われ、身の証を立てるものはなにもありませんでした。ただ、私は手帳を持っていたのです。奥様が詩を書き留めていたものでした。名前も書いていないし、誰のものだか分からなかったので見逃してもらえたのです。一つだけ、母を偲《しの》ぶものを与えたかったのです」

それがあの黒革の手帳だった。書かれていたのはパトリスの詩だった。結果的にそれが二人を結びつけるものとなった。

「孤児院に行き、赤ん坊を院長に託しました。『名前もありません。この手帳だけです。ただ、これはめったな人には見せないでください。絶対に安全な人にしか渡さないで』私はこの子がオレリー様の子とばれるのが怖かった。もしジャコブ様に知れたらその子も私も殺される――そして私は家族の元へ戻ったのです。自分の身が可愛かった。お許しください」

「アンナさん」

マルティーヌは涙に濡れた目で彼女に駆け寄った。

「あなたがいたおかげで私は生き延びたし、ここで本当のお母さんを知ることが出来た。あの手帳をコンスタンス様に渡してくれてありがとう。書かれていた詩はパトリス様が作ったの。それで私のことを見つけてくださったのよ」

「そうだったんですか……」

アンナはじっとマルティーヌを見つめた。

「その瞳、美しい灰色と緑の……どれほど成長されても見間違えるはずがありません。あなたこそダヴィッド様とオレリー様の娘、ヴィオレット様」

その名はマルティーヌにとってはまだ体に馴染《なじ》まないものだった。なんだか擽ったい。

「私はマルティーヌのままがいいわ。この名で生きてきたんですもの。パトリス様、いいでしょうか」

振り返ると彼がすぐ後ろにいる。

「構わぬ、お前がどんな名前でも美しさは変わらないからな」

ハンカチを出して涙をぬぐってくれた。


マルティーヌはパトリスと共に自分の部屋に戻った。イエローサファイヤのネックレスを外し絹のドレスを脱ぐとどっと疲れが襲ってくる。

「ああ……」

全てが終わり、何故か力が抜けてしまった。まだ現実感がない。

「私、本当にオレリー様の娘だったのね」

あの広大な屋敷、様々なおもちゃが揃えられた子供部屋、一枚だけ残っていた母の肖像画——全てが夢の中のよう。

「私はずっと確信していた、お前がオレリーの娘だと」

「本当に？」

あの詩だけでそこまで信じられるものなのか。寝台に座っているマルティーヌの隣に彼が腰を下ろす。

「人間には持って生まれた雰囲気というものがある。お前はオレリーと顔立ちは似ていないが、どことはなく物腰が似ていた。あの詩を聞いてからずっと観察していてそう思う」

会ったこともない母に面影が似ているのなら、こんなに嬉しいことはなかった。

「お前は本当に愛らしい赤ん坊だった。髪の色はもう少し薄くて、無心に私を見つめていた——私を王子と知らず、ただ真っ直ぐ見てくれる目に癒された。あの時からお前が好きだったのかも」

幼すぎる時から自分たちは結びついていたのか。悲しい運命で一度は離れてしまったが、再びめぐり会うことが出来た。

それは自分たちの努力だけではない、アンナやララ、色々な人が助けてくれたからだ。

「私、オレリー様の娘なのね……」

ようやく温かいものが胸に湧いてきた。自分にも親がいた、慈しまれて生まれてきたのだ。

「もう一度あの部屋に行きたいわ。私が産まれた場所、あなたに初めて出会ったところ」

パトリスは優しく頭を撫でながら言った。

「今日はもう休んで欲しいが、その前に一つだけ聞いておきたいことがある」

「なんですか？」

「お前は……まだ私と結婚する気があるか？」

驚いて彼を真正面から見据えてしまった。

「なにをおっしゃるの……私と結婚する気がないのですか？」

マルティーヌの剣幕にパトリスは慌てて訂正した。

「違う！　お前はもうド・ボア家の跡取りなのだから、私と結婚しない自由もあるということだ。財産もたっぷりあるのだから、きっと求婚者が沢山……」

それ以上彼はなにも言うことが出来なかった。マルティーヌが頬を摑んで口づけをしたからだ。

「ならば、私が誰のものにもならないよう捕まえておいてくださいませ」

パトリスは熱の籠もった目で見つめる。

「……私でいいのだな？」

マルティーヌは一度まばたきをした。長い睫《まつげ》の動きが返事だった。

「きっと、私が産まれた時から決まっていたのですね」

十八年前、二人は見つめ合っていた。

自分の目にパトリスが映っていたのだ。

一目見た時から、彼が誰か知らない時から惹かれていたのはずっと自分の中に彼の面影があったからかもしれない。

「……では」

パトリスは一旦マルティーヌから離れると、花瓶から一輪の椿《つばき》を取って目の前に跪く。

「薔薇でないのが残念だが、マルティーヌ、私と結婚してくれ」

ずっとそのつもりだったのに、改めて言われると感動が胸に押し寄せた。目頭が熱くなって花を受け取れない。

「受け取ってくれないのか？」

「少し待って……胸が一杯なの」

マルティーヌは指で涙をぬぐう。パトリスは隣に座って目の端に口づけた。

「一生お前を守る」

返事の代わりに、自分の涙がついている彼の唇にキスをして、白い椿を受け取った。

九　幸せな花嫁

マルティーヌとパトリスの結婚には、それから一年待たなければならなかった。

まず国務大臣ジャコブの裁判だった。ダヴィッドとオレリー、ルイの殺害にかかわったとして投獄され、財産は全て没収された。

「何故こんなことをした？　お前はダヴィッドの補佐として勤勉に働いていたではないか」

煌びやかな服を剝ぎ取れらたジャコブはそれでも堂々と裁判所に立っていた。

「勤勉だから、です。ダヴィッドより私の方が国務大臣にふさわしかった。いや、私は国の上に立つべき人間だ。それを証明したかった」

続けて先王の暗殺の取り調べも行われるはずだった。だがそれは成らなかった。獄中で密かに差し入れられた毒を呷《あお》ってジャコブは死んだからだ。彼の死体は罪人用の墓地に密かに葬られた。

ジャコブとは反対にオレリーとルイの墓は罪人用の墓地から移動された。オレリーはド・ボア家代々の場所、ルイは明るい共同墓地に埋葬された。

「お母様……」

マルティーヌは改めて母の墓に手を合わせる。生まれて半年でいなくなった母、それでも彼女の愛情はあの子供部屋から感じ取られた。赤ん坊にはまだ早い木馬やままごとの道具が揃えられていた。自分の誕生を父や母は心待ちにしていたのだ。

「お父様、お母様、お会いしたかった」

父母の墓前で泣きじゃくるマルティーヌをパトリスは背後から抱きしめた。

その後、煩雑な手続きを経て正式にマルティーヌはド・ボア家の跡取りとなった。王室預かりの財産も戻され、空き家だった屋敷を整えることになった。

埃塗れだった屋敷は徹底的に掃除され、伸び放題だった庭のトピラリーは美しく整えられた。一枚だけ残っていたオレリーの肖像画がダヴィッドと並んで飾られた。

「あんた、ここに住むの？」

マルティーヌと一緒に屋敷を訪れたララが尋ねる。正式に貴族の身となっても二人の関係は変わらなかった。

「いいえ、屋敷は整えるけど私は王宮にいるわ。ここに住むとしたら女官や侍従、料理人や洗濯する人を集めなければならないでしょう。私にはとても無理よ」

「洗濯といえば……」

自分たちを世話してくれたリーズはパトリスによって捕えられた。彼女はジャコブの命を受けてマルティーヌたちを監視していたのだ。ララの様子を彼に伝えていた。

「リーズさんを騙すのはさすがに気がとがめたわよ。いい人なのは知っていたもの」

ララはジャコブをおびき出すため、わざとマルティーヌをねたむような言動をしていたのだった。

「リーズさんは何故あんなことをしたのかしら」

ララは俯いた。

「故郷に残していた子供が病気の時、ジャコブがお金を出していたんだって。そんな風にしてあの男は自分の味方を増やしていったのよ」

自分の世話をしてくれていた女官の中にもジャコブの間諜《かんちょう》がいた。彼女が部屋の引き出しから手帳を盗み、ジャコブに渡したのだ。それを期待してパトリスはわざと彼女たちに、茶色の手帳を見せたのだ。それは本物に似せた偽物で、中の詩はパトリスが書き込んだ。

「もう贅沢をする必要はないのね。正直、ネックレスの値段を聞いて驚いたわ。今からでも返品できないかしら」

そういうとララが呆《あき》れたように言う。

「なにいってんのよ、あんたはこれから王妃になるためにもっともっとドレスもネックレスも作らなきゃならないのに。まずはローブ・ド・マリエね。私も頑張らなきゃ」

ララはリーズの件もあり、王宮にいづらくなっていた。そこでマルティーヌの緑のドレスを作った仕立て屋にお針子として就職したのだった。最初の仕事がマルティーヌの婚礼衣装だった。マルティーヌは頬を染める。

「なんだか、改めて式をするのが恥ずかしいわ。やらなくてもいいんじゃない？」

「馬鹿なこと言わないで。王家の結婚は外交の機会よ。国内だけじゃなく他の王家も呼んで華やかなパーティーを開くのよ。今からワクワクするわ」

そう言われて嬉しいよりも憂鬱な気持ちになる。もともと外に出るより部屋の中にいる方が好きなたちだった。一生お針子で生きていく予定だったのに。

「やっぱり私よりララが貴族になった方が良かったかしら」

二人は顔を見合わせて笑い出す。

「大変だろうけど頑張りなさい、信じられないような奇跡であんたはここにいるんだから」

マルティーヌはしっかり頷く。どんなに大変でもパトリスの側にいられる幸せに比べたら些細《ささい》なことだった。

事件の後始末がようやく終わり、二人の結婚式は春に決定した。各国の王室へ招待状が送られていく。

「もう一年経ったのね」

ジャコブを騙すための舞踏会からもうすぐ一年だ。一年でなにもかも変わった。ジャコブは死に、何人かは王宮を去った。

リーズは取り調べを受けたが結局ジャコブに利用されただけということになり、放免された。マルティーヌが口添えをしたこともある。

「あの人は悪い人じゃないんです。悪いのはジャコブだわ」

彼の息がかかった人間は一掃され、信頼できる人間だけが残った。

いよいよマルティーヌのローブ・ド・マリエ作成が始まった。絹の中でも一番重く、艶やかな生地を使う。

「なんて綺麗なんでしょう」

仮縫いで体に纏うだけでうっとりとする。

「ここに絹の糸で百合の花を刺繍いたします」

ネックレスとティアラは王室に代々伝わるものを使用する。ただ一つ、真珠の指輪だけは新しく作ることとなった。

パトリスは自分以上に忙しかった。結婚式の後各国の王族と会談をするのだ。その一つ一つの晩餐会《ばんさんかい》の打ち合わせもある。夜マルティーヌが寝る時間になっても訪れない日が多くなった。

「今日も朝しか会えなかったわ」

冬に入ってゆっくり話せたのは数えるほどだった。肌に触れたのはいつのことだったろう。

「私が孤児の時はもっと会えていたわ」

つい愚痴りたくなり、図書室でリュカに打ち明ける。

あの時は将来が見えなかったが毎日彼に触れられていた。

彼のことしか目に入らなかった。

今は雑多な仕事が二人の周りに散らばっていて、なかなか近づけない。

「パトリス様もお疲れのようですよ。ぎりぎりまで色々な人と打ち合わせをして、部屋に入ると倒れるように眠ってしまわれるようです」

「そんなに……」

彼の体が心配だった。どうしてそれほど力を入れるのだろう。

(やっぱりあの方は王族なのね)

自分とは違い、彼は生まれながらの貴族だ。社交が仕事なのだ。

(私、ついていけるかしら)

不安げな表情のマルティーヌにリュカは話しかける。

「パトリス様が尽力しているのは、あなたのためなのですよ」

「えっ」

今回の式はマルティーヌが貴族社会にデビューする日だ。もし手落ちがあったらそれがそのまま彼女の評判に繋がる。

「お料理もワインも一流のものを集めていらっしゃいます。遠くからやってくる王族の皆様をもてなすためにお部屋の改装も指示しているのですよ」

「まあ……」

パトリスが自分のためにそこまでやってくれるなんて……感動と申し訳なさで胸が熱くなる。

その夜、マルティーヌの寝室を訪れたパトリスは少し疲れているようだった。

「陛下……お疲れなのですか」

寝台に二人並んで座ると彼の頭が肩にもたれかかる。

「お部屋でお休みになった方が……」

わざわざ自分のところに来てくれたのは嬉しいがもう深夜に近い。自分の部屋で休んだ方がいいのではないだろうか、そう提案すると彼は首を横に振った。

「少しでもお前の顔を見て、話をしないと安らげない。ぐっすり眠るために必要なのだ」

そう言われて嬉しくないわけがない。彼の手を両手で包んで額に口づけをする。

「ではここで、少しでも寛《くつろ》いでくださいませ」

マルティーヌは彼の頭をそっと自分の膝に乗せた。白い額をそっと撫でると彼は気持ちよさそうに目を閉じた。

「やることが沢山ある……長い間客を迎え入れることがなかったから、料理人の腕も鈍ってしまった。客室のカーテンも痛んでいる。結婚式までになんとか間に合わせるよう、職人に声をかけてきた」

国王自らに頼まれたのでは、職人も力が入るだろう。

「無理なさらないで、私はパトリス様と結婚できればいいのよ」

パトリスはマルティーヌの手の下で頭を横に振った。

「いいや、これは自分のためにやっているのだ」

パトリスは語った。周囲の王族たちは自分のことをいぶかしんでいる。十八年間、ほとんど表舞台に出てこなかったからだ。

「皆私が国を治める力があるか見極めようとしているのだ。それに妻は突然現れた女性で、ド・ボアの娘だと言われてもすぐには呑み込めないだろう」

つらかった。自分が妻になることで彼の足を引っ張るのではないだろうか。

「私がパトリス様をお助けできればいいのに……なにも出来ないのがもどかしいわ」

すると彼はもう一度目を開けた。

「なにを言っているのだ。お前はもう充分役に立ってくれている。前の国務大臣と私の父を殺した犯人を捕まえることが出来た。あのままだったら私は彼と共に国務にあたらなければならなかった。想像するだけで恐ろしい」

そう言われると少し慰められる。

「ずっと立ち上がれなかった。周囲を敵に囲まれているようで」

それは正しい予感だった。すぐ側に最大の敵がいたのだ。

「長い間頭の上に暗雲がかかっていた。それがようやく晴れたのだ。お前が私の太陽だ」

「パトリス様……」

感極まって彼の唇に唇を重ねる。すると彼の腕が自分を抱きしめた。

「……結婚まで、我慢するつもりだ」

それは閨《ねや》のことを言っているようだった。

「きちんと神の前で愛を誓ってから、本当に繋がろう、だが」

彼の腕が強く自分の腰を摑む。

「このまま、溺れたくなる……今すぐお前を、私のものにしたい」

パトリスの息が首筋にかかった。マルティーヌの肌も熱く燃える。

(私も)

もう長い間、肌に触れられてなかった。ほんの少しの刺激だけで自分の息も熱くなる。

「……だが、堪えよう」

パトリスはそっとマルティーヌの体を引き離した。

「もし今お前を抱いて子供が出来たら、結婚式の時万全の体調ではないだろう。それはお前に負担をかけることになる。やはり止めておこう」

その気持ちが嬉しかった。彼はずっと、自分の身を考えてくれている。まだ自分が孤児の頃から妊娠しないよう自分の欲望を抑えてくれていた。

「ありがとう」

ずっと守られていた、その気持ちが愛おしかった。

「結婚式が待ち遠しいわ。パトリス様と本当の夫婦になれる時が本当に嬉しいの」

一旦離れた体をもう一度引き寄せられる。

「そんなに可愛い表情をしないでくれ――我慢しようと思ったことをしてしまいそうになる」

抱きしめられ、深く口づけをされた。

「愛している……」

もうその言葉を躊躇わなくていい。

「愛しているわ」

自分の気持ちを隠さなくてもいいのだ。

二人は服を脱ぎ、寝台に横たわった。パトリスはマルティーヌの体に腰を押し付け、ゆっくりと前後に動かし始めた。

「あ……」

彼の肉棒は徐々に固くなり、マルティーヌの小さな谷間の間を擦り始める。

そうされると自分の中にも欲望が膨らみだした。

「気持ちいい……」

ぐいぐいと擦り付けられる、それに合わせてマルティーヌの腰も動いた。

熱い肉棒に刺激されて、自分の花も開いていく。

「あ……」

不意にぬるりという感触が触れた。パトリスの先端からまたあの液が出てきたのだろう。

「いいよ……」

パトリスの手が乳房に触れる。大きな掌にすっぽりと胸が覆われる。

「あ、ん……」

優しく胸をもまれ、先端が彼の手の中で膨れ上がる。彼の指がそれをそっと摘まんだ。

「やあん……」

二か所を刺激されて全身が甘く震えた。男性の液だけではなく、自分自身が熱く濡れる。

「感じているお前の顔が、可愛い」

パトリスはマルティーヌの体をしっかりと抱きしめ、腰を動かしながら胸の先端に唇を寄せる。

「ひあ……そこ、感じる……」

膨らんだ先端を舐められ、舌を絡められる。びくびくっと腰が震え、熱が中心に溜まっていった。

「あっ、あ……いいの……」

マルティーヌは夢中で足の間にある棒を挟んだ。強く挟めば挟むほど快楽が強くなる。

「私も……もう、いきそうだ……」

熱く火照った肉の間でパトリスのものが前後する。やがて不意にそれは引き抜かれた。

「あっ……」

熱い迸りがマルティーヌの腹に散った。肉棒の先端から男の精が放たれたのだ。

「気持ちよすぎて、もう達してしまった」

腹の上に落ちている精をパトリスは水と布で綺麗に拭いてくれた。終わった後もまだ全裸のまま背後からマルティーヌの体を抱き続ける。

「お前は髪もいい香りだ」

「石鹸《せっけん》の香りでしょう……」

「いや、汗もお前はかぐわしい」

うっとりと髪の匂いを嗅ぎながら、彼の指が下腹に伸びる。

「ああん……」

彼の欲望で何度も擦られた小さな花弁は、まだ熱く火照っていた。柔らかな果肉を長い指が優しく捲り上げる。

「ここが、蕩けている……」

マルティーヌの体は、指関節の一つ目まで入るほど柔らかくなっていた。

「あ、あ……」

パトリスは指を浅く出し入れするように動かした。指の腹の舌でこりこりと小さな真珠が転がる。

「駄目、そんなことしたら」

肉の狭間《はざま》は二人の蜜によって濡れそぼっていた。快楽の芯はあっという間に膨れ上がる。

「いくなら、いくと言うんだ」

甘く囁かれて、もう限界だった。マルティーヌは腿を震わせながら昇り詰める。

「あ、いく、いきます……！」

パトリスの指の下で、はっきりなにかが弾《はじ》け飛《と》ぶ感触があった。彼の腕の中でマルティーヌはびくびくと体を震わせる。

「気持ちよかった……」

余韻の中、二人は寝台の中でじっと抱き合っていた。

「結婚式でお前を見るのが楽しみだ。純白の絹に包まれた姿はさぞ綺麗だろう。それを見るために頑張るよ」

しばらく二人は名残惜しげに抱き合っていた。夜の時間が彼らの上をゆっくりと流れていく。

冬が去っていく。庭に積もった雪の山が徐々に小さくなっていった。

とうとう二人の結婚式が近づいてきたのだ。

各国から王族が集まってきた。遠く東方からやってきた部族は皆長いトーガを纏い、馬の鞍にも宝石をちりばめている。

北の山の部族は獣の顔が付いた毛皮を全身に纏い、女も男と同じ格好をしていた。

珍しい遠い国の王族を見るため、街道は連日人でごったがえしていた。

王宮に到着した彼らに対応するのはパトリスだった。

「遠路ご足労だった。まずは旅の埃をぬぐい、ゆっくり体を休めていただきたい」

各王族と使用人たちにはきちんと整えられた部屋が与えられた。毎食の食事は故郷のものと近いものだった。これには皆が驚く。

「大国だから自国のやり方を押し通すと思ったが、これほど気遣いをしてくれるとは」

「若いのにパトリス殿はやり手だな」

噂は徐々に花嫁へと移っていく。

「まだ妻は表に出ていないが、どんな姫なのだろう」

「結婚式まで秘密だそうだ」

「最近まで孤児院で育っていたそうだ」

「まるでおとぎ話じゃないか」

皆の期待が最高潮のまま、結婚式の日を迎えた。


大聖堂は各国の王族と国内の貴族たちで一杯だった。片隅にララがひっそりと立っている。

（マルティーヌ、頑張って）

今朝まで友人は不安に包まれていた。

『皆が私を見てがっかりしたらどうしよう』

どれほど勇気づけても怯えるだけの友人にララはとうとう匙《さじ》を投げた。

「もういいから、なにも考えず行ってきなさい。ドレスは最高なんだから」

ララは胸が一杯だった。「自分が作ったドレスをマルティーヌが着る」という夢がこんなに早く実現するなんて思わなかった。

祭壇の前にパトリスが現れた。礼服を身に纏った彼の姿は軍神のように凜々しい。

そして――。

パイプオルガンの音と共に現れたのは、真っ白な光に包まれたマルティーヌだった。

「おお……」

満座の貴族たちが一斉に息を呑んだ。父親代わりのリュカと共に現れたマルティーヌは、丁寧に作られた人形のようだった。真珠色に輝くドレスとこの上なく繊細なレースのヴェール、春の薔薇をまとめた小さなブーケだけが色彩だった。

「マルティーヌ……」

ため息のようにパトリスの声が漏れる。すると花嫁が不意に顔を上げた。

その瞬間、周囲から歓声が沸いた。

「まあ」

「なんと清らかな乙女だ」

「あれがパトリス様の花嫁なのね、お幸せな方」

マルティーヌがパトリスの元へやってきた。神父による祈りが捧げられる。

「神の前で、婚礼の誓いを捧げなさい」

祭壇の前に跪いているパトリスは厳かな声で宣言する。

「マルティーヌ・ド・ボアを妻とすることを誓います」

同じ言葉をマルティーヌも続ける。

「パトリス様を夫とすることを誓います」

二人は祭壇の前で立ち上がった。パトリスがゆっくりと彼女のヴェールを捲る。

「おお、なんと美しい」

灰色の瞳はすでに潤んでいた。長い睫を伏せ、顎を少し上げる。

そこにパトリスの顔が重なった。満座の貴族たちが一斉に歓声を上げた。

「おめでとうございます！」

「パトリス様、マルティーヌ様、お祝いいたします」

「末永くお幸せに」

パトリスは祝う人々に片手を上げて応じた。

「諸国の皆様、国内の諸侯、本日は私とマルティーヌのために集っていただき嬉しく思います。本当にありがとう」

彼の声には不思議な重厚さがあった。まだ二十代なのにすでに王の風格がある。

「私は父を早く亡くし、長い間人を遠ざけて生きてきた」

皆が戸惑った。まさか彼が自分からそんなことを言い出すとは誰も思わなかったからだ。

「皆も知っているとおり、私のごく近くに敵がいたのだ。その敵を暴くことが出来たのは我が妻、マルティーヌのおかげだ。皆これからは私同様、いや、私より優先して彼女を支えて欲しい」

マルティーヌが感に堪えたように涙をぬぐうと、貴族たちは一層歓声を上げる。

「なんてお優しいパトリス様」

「マルティーヌ殿は幸せものだな」

「本当にお二人が結婚できて良かった」

唸《うな》るような喝采の中、ララも懸命に拍手していた。いつの間にか涙が溢れていた。

(おめでとう、マルティーヌ。怖がりで大人しかったあんたが嘘みたいね)

祭壇の前でパトリスの隣にいるマルティーヌは、大勢の貴族たちの前でやや俯き、しかし優し気に微笑んでいた。

物怖《ものお》じした様子がないのは、夫がその背に手を添えているからだろう。

(強くなったのね)

マルティーヌからジャコブを罠に嵌める計画を聞いた時、ララは不安だった。彼女にそんな大それた企みが出来るとは思えなかったからだ。気弱なくらい真面目で嘘のつけない友人だった。

だが彼女の決意は固かった。

『パトリス様のためなの。あの方を自由にするには私を孤児院に連れて行った人を探しかないわ。きっと上手くいく。でもララの協力がどうしても必要だわ』

最初はとても信じられない計画だった。自分がマルティーヌの替え玉にさせられるなんて……だがあの日、ジャコブが自分の元を訪れた時パトリスの計画が正しかったことを知った。

（あなたたち、凄いよ）

パトリスも、彼を信じたマルティーヌも強いと思った。お互いがお互いを信じる力だった。

夫婦となった二人が通路をゆっくりと戻っていく。大勢の貴族たちが惜しみない拍手を送った。

出口の近くでずっと俯いていたマルティーヌが一瞬顔を上げる。そしてララと目があった。

マルティーヌは友人に向けて片手を振り、にっこりと微笑んだ。その笑顔を見た途端ララの目からどっと涙が溢れだした。

「もう……泣かさないでよ」

二人が去った後も大聖堂の中はざわめきで満たされていた。皆が幸せな空気を吸ったような、浮ついた気分だった。

結婚式の後は大晩餐会だった。大広間に長くテーブルが設えられ、海の幸山の幸が並ぶ。

「これは大変な料理だ」

「鴨の味もいい、よく太っている」

「ワインも美味《うま》いぞ！　いい葡萄が取れるのだな」

様々な国の王族たちがテーブルを挟んで食事を取る。パトリスと、緑のドレスに着替えたマルティーヌも二人並んでいた。

「パトリス殿、フランシアで作っている麦の種を我が国ガリア帝国に分けてはいただけないだろうか。こちらの麦は寒さに強いのだが収穫量が少ないのだ。そちらの麦とかけ合わせれば寒さに強く収穫量も多い麦が作れるかもしれない」

ガリア帝国の皇帝、ベルンハルト・フォン・デーンホフがパトリスに話しかけた。

「それはいいですね。フランシアも山間部の方は気温が上がらず麦がよく生育しない。強い麦が出来たら二国間で共有しましょう」

二人の語り合いに横から口を挟む者があった。イデリア王国の国王、アンドレア・ディ・ツァリだった。

「おいおいベルンハルト殿、二国間で密約をするな。うちも交ぜてくれよ」

「イデリア王国はフランシアより暖かいではないですか」

パトリスがそう返すとアンドレアは大げさに首を横に振った。

「フランシアとガリアだけで仲良くされるのが気に喰《く》わないのだ。勝手に密約などしてこちらに攻め込んで来ないようにな」

ガリアのベルンハルトが呆れたように呟く。

「わざわざ攻め込むほど欲しくはない」

「なんだと！」

「まあまあ、お二人とも落ち着いて」

国の元首たちがまるで友人同士のように軽口を叩いている。

（これが外交の力なのね）

マルティーヌは婚礼を開いて良かったと思った。

晩餐が終わると次は舞踏会だ。大広間はあっという間に片づけられ、ダンスホールに変わる。美しい演奏が奏でられ、ワインで酔った貴族たちが次々踊りだした。

「マルティーヌ、私たちも行こう」

「はい」

パトリスと共にマルティーヌはダンスホールの中央に出た。優雅に踊りだす二人を皆が見守っている。

「ダンスはあまり上手くないのね」

「やはり孤児院育ちだから」

そんな噂話に一瞬足がすくむ。だがパトリスがしっかりと腰を支えてくれる。

「怯えるな、私が守る」

見上げると彼の目があった。自分を信じて、見守ってくれる目。

皆の前ですくんでいた足が、ふっと楽になった。

「……足を踏んだら、ごめんなさい」

彼が優しく笑った。

「安心しろ、顔に出したりしない」

マルティーヌの緑のドレスが優雅に舞いだした。荒探しをしていた王族貴族たちも徐々に微笑みだす。

「いや、最近覚えたにしては見事ではないか」

「なによりあの笑顔が素晴らしい」

「次は私と踊ってくれないだろうか」

パトリスとマルティーヌは一曲踊り終え、一旦停止した。

「皆様、今日は本当にありがとうございました。もっと皆様と話したいところですが、我妻マルティーヌは連日の準備で疲れております。本日はこれで失礼する」

彼の言葉にマルティーヌはぎょっとした。まだ他の誰とも踊っていないのに。

「こんなに早く退出して、いいのですか」

王族や貴族たちに失礼ではないだろうか。

だが周囲を見渡すと皆は笑顔で自分たちを見守っている。

「もちろんいいですとも」

「パトリス様は早く奥方と二人きりになりたいようだ」

「我々はワインがあればいいから放っておいてくれ」

嬉しさと恥ずかしさで思わず顔が赤くなる。その様子を見て皆がさらに囃《はや》し立《た》てた。

「やれやれ、見ておれん」

「パトリス様、ずっと奥方の方を見ているんですもの」

「本当に大事にされているのね」

ぎゅっと肩を抱かれた。彼の顔がすぐ側にある。

「皆の許しが出たぞ。さあ、行こう」

人で充満していた大広間から廊下に出る。扉が閉められると不意に周りが静かになった。

「マルティーヌ……」

抱きしめられ、深く口づけをされた。

（あ……）

抵抗しようと思っても、出来ない。

緊張が解けて力が入らなかった。

彼の声はかすれていた。そのまま横に抱きかかえられる。

「待ちかねたぞ……」

周囲には女官や侍従がいた。だがもうパトリスの目には入らないようだ。

「あ、そんな」

「早くいこう、やっとお前を私の部屋で抱ける」

正式な妻になったマルティーヌはようやく王の部屋で眠ることが出来る。朝まで一緒にいることが出来るのだ。

(ようやく)

長かった。初めて彼に出会い、図書室で口づけされたあの時から。

心は繋がっていた、だが障害物はあまりに大きくくじけそうになった。

なにもかも諦め、静かに生きる道もあった。だがそれは選べなかった。

パトリスを暗闇の中置き去りにすることは出来なかったからだ。

二人で手を繋いでいたからこそ、闇から抜け出すことが出来た。

「もう、離れない……」

マルティーヌは上着の背中をぎゅっと握った。雲の上に乗っているような気持ちだった。

王の寝室に入る。大きな天蓋付きの寝台には真新しいシーツがかかっている。パトリスはマルティーヌを立たせると、ドレスを脱がそうとした。

「待って、着替えてくるわ」

本当なら体を洗い、寝間着に着替える手筈《てはず》だった。だが彼はどんどん腰の紐を解いていく。

「もう待てないんだ。皆出ていってくれ。全部私がする」

ドレスがマルティーヌの足元に落ちた。体を締め付けている下着も脱がされる。すぐ側にいた女官が慌てて服を回収した。

「なにか御用でしたらすぐお呼びください……」

部屋には二人きりになった。パトリスも脱いでいく。勲章や飾りのついた上着を脱ぐと、最初に出会った時のような白いシャツ姿になった。

「パトリス様」

最初はこうだった。お互いなにも持っていなかった。自分は孤児で、彼はたった一人で馬の世話をしていたのだ。

（あの時から好きだったわ）

「初めて会った時から、好きだった」

パトリスが自分と同じことを言った。

「目の前に小鳥が舞い降りたようだった。自分が馬丁だったらすぐ部屋を与えて優しく出来るのに――あの時ほど自分の身を呪ったことはない」

「部屋は与えてくださいましたわ。洗濯部屋での仕事もくださいました」

「私の見ていない間に誰かが声をかけるのではないかと思って眠れなかった」

そんなことを考えていたのか。自分は日々生きることに精一杯だった。

「お前が裏庭でシーツを干しているのを見るのが好きだった。心から仕事を楽しんでいる風だった。こんな風に人生を楽しめたら、そう思っていたよ」

「そんな……私は妾にされそうなところを助かったので本当に嬉しかった、それだけよ」

「そういえば、お前を奪おうとした商人のアンリは倒産したぞ」

「ええ?」

アンリは国務大臣のジャコブと縁が深かった。彼が失脚したのでそのあおりをくらい、自分の店を失ったのだ。

「お前を無理矢理自分のものにしようとしたから神が罰を与えたのだろう」

「そういえば、マテウさんも」

マルティーヌは定期的に修道院のコンスタンスと手紙のやり取りをしていた。その中にマテウのことも書いてあった。マルティーヌの正体がドージェまで伝わった頃、不意に店を人に譲って遠くへいってしまったらしい。もしかすると自分が報復されると恐れたのかもしれない。

　不思議な気持ちだった。自分を騙したアンリやマテウは酷い男だが、彼らがいなければ自分はパトリスと出会えなかっただろう。

　そう言うと彼は少し考え込み、首を横に振った。

「いや、いつか私はお前に出会えていた気がする」

「え？」

「もし女官募集でお前が王宮に来なくても――いつか出会っていた気がする」

「そんな、孤児の私がパトリス様と会うことなんてきっとなかったわ」

「いいや」

　彼は頑固だった。

「私はずっと人を好きになれなかった。お前に出会わなければきっとそのままだったはずだ。お前はお針子になって、腕がいいからいつかパドワに来ていただろう。そして私の服を作る仕立て屋に雇われ、王宮で出会う。部屋の片隅であの詩を口ずさんでいたお前を私が見つけるんだ」

　マルティーヌはくすくすと笑った。まるでおとぎ話だ。

「こういう話はどうだ。私はジャコブに陥れられ、田舎に追いやられる。そこでお針子をしているお前に出会うんだ。そして歌を聞き――」

「私を見つけてくれるんですね」

もう分かった、どんなに離れていてもパトリスは自分を見つけてくれるのだろう。

「そうだ、私はきっと諦めなかっただろう、心から愛せる人を見つけるまで」

パトリスはシャツも脱ぎ、下着姿のマルティーヌを寝台に寝かせる。

「こうなるのは運命だったのだ」

マルティーヌは分からなかった。もしあの時マテウの誘いに乗らなかったら——あの時、逃げ出さなければ。

自分は彼とめぐり会えたろうか。

今は、彼と出会えた幸運をしっかりと握りしめたかった。逞しい胴に抱き着いた。

（分からない）

「出会えて、良かった……」

運命でも偶然でも、どちらでもいい。

やっと、なんの心配もなく抱き合える。

「愛している……」

キスをされながら下着を脱がされた。彼の手が触れる場所はどこもかしこも熱い。

「ずっと欲しかった……お前の全てが」

図書室でのキスから、何度抱き合っただろう。もう一番恥ずかしいところも見せてしまっている。

それでも最後の行為は我慢してくれた、パトリスの気持ちが嬉しかった。

「ああ……！」

首筋に彼の舌が這う。何度も吸い付かれ、快楽が引き出された。

「夢にまで見た……お前の肌を……」

「私も……」

一度刺激され、しばらくおあずけをさせられた体はあっという間に燃え上がった。ただ抱き合っているだけなのに、中心が疼いてくる。

「正直に言うと、お前を抱けない間一人でしたこともある」

「まあ……」

知識では知っていたが、男性は相手がいなくても快楽だけは引き出せるものらしい。

「寝台に入ってもお前の手触りが蘇って、体が勝手に熱くなる。こんなことは初めてだった」

「私のところへ来てくれても良かったのですよ」

最後までしなくても快楽の手伝いは出来る。だがパトリスは首を横に振った。

「実は、一度夜お前の部屋を訪ねたことがあるんだ。だがお前はぐっすり眠っていた。起こすのが可哀想で、大人しく帰ったよ」

「そんなことがあったのね」

「お前の寝顔を見れただけで良かった。天使のような顔だった、それを思い浮かべながら自分で慰めたんだ」

なんだか面はゆい。

「起こしてくれても良かったのに」

正直自分も彼が恋しかった。国を挙げての結婚式のために我慢していたのだ。

「いや、あの経験も貴重だった。お前の顔を思い浮かべながら自分に触れた。私は幸せだった、あの女性が自分の妻になる、そう思いながら出来たのだから」

彼の言葉に胸が熱くなった。自分が寝ている間にも彼は想ってくれていたのだ。

「これからはずっと一緒よ。眠る時も、欲しくなったら私がしてあげる」

そっと彼の下腹に手を伸ばす。すでにそれは硬く滾《たぎ》ってきた。

「ならば私はお前をいつでも愛そう」

首筋から胸へと唇が移る。

「あ……」

いつぶりだろう、肌に触れられるのは……先端を唇に包まれるときゅうん、と体が反応した。

「口の中で硬くなった」

パトリスの言葉に恥ずかしくなった。はっきり感じているのを知られてしまう。

「いい、の……」

丸く膨らむ乳首に絡みつくように舌が動く。同時にもう片方の先端も指で刺激された。

「あ、ああ……！」

体が燃え上がる、感じすぎて怖い――。彼の唇が膨らみ切った乳首をちゅっと吸うと一気に快楽が破裂した。

「やうっ……」

浅い絶頂に全身が襲われる。じいんという感覚が体の中央に起こった。

「触れるよ」

パトリスは指を足の間に差し込んでくる。そこはすでに溢れるほど濡れていた。

「こんなに熱い……」

感じすぎて恥ずかしく、思わずマルティーヌは彼から顔を背けた。

「こちらを向くんだ」

恐る恐るパトリスの顔を見ると、熱い視線にぶつかる。

「これほど感じてくれて、嬉しいのだ……火照ったお前の顔も可愛い、もっと見せてくれ」

指でそこを刺激されながら口づけを受ける。彼の舌が奥深く侵入してきた。

「ふあ……」

舌と舌が絡み合う、ざらりとした感触すら快楽だった。

「あ、あ……」

パトリスの指が、膨らみかけている淫芯を的確に擦っていた。腰が勝手にびくんびくんと跳ねてしまう。

「見せてくれ……」

パトリスは一旦体を離すとつま先の方へ移動し、マルティーヌの足を開かせた。

「ひゃん……」

すでに濡れそぼっている場所を彼の指で剝き出しにされた。

「もう開きかけている、最後に柔らかくしてやろう」

彼の唇がそこを覆う。マルティーヌは恥ずかしさも忘れて声を上げた。

「やうう、いっちゃう……！」

すでに充血している小さな種を舌の上で転がされる。甘い蜜を吸われるとあっという間に限界が訪れた。

「あ、駄目、だめえ……」

びくっと腿が痙攣した。じいんと熱い快楽が襲う。

パトリスはまだマルティーヌを解放しようとはしなかった。ぶるぶると震えている果肉の中に舌を差し込む。

「きゃうっ……ひあ……」

熱く火照っている蜜孔の中を舌が探る。ひくひくと脈打っている肉を直接触れられてマルティーヌは悶絶《もんぜつ》した。

「やああ、いくっ」

達したばかりなのに再び体が収縮した。体の奥から熱いものがどっと溢れる。

「もう、準備が出来たようだ」

パトリスの体が覆いかぶさってきた。二度の絶頂で蕩けている中心に硬いものが触れる。

「あ……」

快楽なら何度も味わった。だが深く繋がるのは初めてだった。彼の体がすぐ側にある。

「行くぞ……」

押し広げられる感触、思わずマルティーヌは唇を嚙《か》み彼の肩にしがみついた。

「来て……」

ぐぐっと拡げられる感覚があった。違和感はあるが、想像より痛くはなかった。彼が充分に準備をしてくれたからかもしれない。

「入っていく……」

彼の声も上ずっていた。マルティーヌの顔の横でシーツを握りしめる。

「パトリス様……」

腰をぐっと持ち上げられ、足を大きく拡げられると二人の体が密着した。こんなに人と近くで触れ合ったことがあるだろうか。

「お前の中に入っている……奥まで繋がっているよ」

マルティーヌの中は彼のもので満たされていた。今まで感じたことのない感触――自分の中にこれほど深い場所があったなんて。

「もっと、近くに来て……」

腕と足を使って彼の体を抱き寄せた。先端がさらに奥へ進む。擦られた感触にマルティーヌはのけ反った。

「ああ、凄い……」

パトリスはマルティーヌの頭を抱きしめ、髪をかき乱す。何度も口づけをして荒い息を吐いた。

「お前の中が、気持ちいい……想像以上だ、熱くて濡れている……あまり我慢が出来ない」

抱き合っていた彼の体が起こされた。

「このまま、お前の中で動くよ……痛かったらすぐに言うんだよ」

「はい……」

以前自分の手の中で達したことがある。あれが今自分の中で起こっているのか。

「うっ……」

パトリスが腰を摑んで前後に動かし始めた。蜜孔が擦られて、鈍い痛みが走る。

「痛むか、すまない……」

マルティーヌは首を横に振った。

「いいえ、まだ慣れないだけ……このまま、続けて」

彼は体をかがめて軽い口づけをした。

「少しだけ、我慢してくれ……すぐにいきそうだから」

太いものが体の中を動く。痛みはゆっくり薄れていった。

「あなたを……感じる……」

自分の奥まで彼が届いている。深く穿《うが》たれて、形が変わっていく。

「あ、あん……ふあ……」

勝手に声が出てしまう、繫がっているところが熱くてたまらない。

「いい、お前の中が……私を、包んで、締め付けてくれる……我慢、出来ない……！」

強く引き付けられて、奥でひくつく感覚があった。熱いものが奥に放たれる。

「いった、の……？」

あの白く熱いものが自分の中に入ったのだろうか。

「ああ、そうだよ、もう達してしまった。とても、気持ちよくて……」

得も言われぬ心地よさに包まれる。彼に求められ、愛されている、それがこんなに幸せだなんて――。

「ありがとう……」

マルティーヌの瞳から涙が零れた。

「どうして礼をいうんだ」

「だって、パトリス様が今日まで待ってくださったから」

出会ってから何度も欲望を求めあった。体の隅々まで見せたこともある。

だが、心の片隅に不安があったらこれほどの幸福を感じられただろうか。

パトリスは全ての恐れを取り除いてくれた。なんの心配もなく、ただ彼を受け入れることが出来た。

この夜を作ってくれたこと、それが彼の愛情だった。

「抱き合うってこういうことだったのね。私はなにも知らなかった。ただ気持ちいいだけじゃない、全部受け入れて、無心になって……心配ごとがあったら、きっとこれほど幸せじゃなかったわ」

自分の境遇に不安があったら、体が離れた瞬間に恐れがあっただろう。ただ子供を求められるだけの存在だったら――胸の中に黒いものが広がるのを止めることが出来ただろうか。

「我慢して良かった、本当にそう思うよ」

体の中の彼は、まだ力を保っていた。

「妻とする前に繋がり、子供が出来たら——私はお前とその子を守ることが出来るだろうか、それが不安だった」

マルティーヌは繋がったまま彼を抱きしめた。少し硬い髪を指で梳る。

「もう、なにも心配しなくてもいいのですね」

彼の唇が耳元に寄る。

「そうだ、ただ私に愛されていればいい」

不意に、奥のものが再び硬くなる気配を感じた。パトリスが照れ臭そうに笑う。

「待ったせいでまだ欲望が去らないようだ。もう一度するが、いいか？」

マルティーヌは静かに頷いた。

「無理をするな。私は自分でも出来るのだから……痛むのではないか？」

正直よく分からない。繋がっているところは熱く火照っていて、痛みか快楽かすら混沌《こんとん》としていた。

ただ一つ確かなことは、彼と離れたくない、それだけだった。

「このままでいたいのです、ずっと、繋がっていて……」

するとと彼は細い体をしっかりと抱きしめて口づけをした。

「私だってそうだ、今夜だけじゃなく、一日中お前と一緒にいたい。執務など放り出してしまいたい、あんな長い結婚式や舞踏会など必要なかった」

突然の告白に思わず噴き出してしまった。

「まあ、皆さんが祝福してくれていたのに」

パトリスは何度も唇にキスをした。

「私はずっと待っていたのだ、お前を妻にすることを……今日が我慢の限界だ、全てをお前に注ぎたい」

愛されている実感に体が融ける。すると繋がっている場所の奥から熱いものが溢れてきた。

「ああ、また濡れてきた……感じているんだな」

彼の腰が再びゆるやかに動き始めた。二人の蜜で溢れた狭い孔はくちゅ、くちゅと淫靡《いんび》な音がする。

「すまない、再び大きくなってしまった……もう一度だけ、させてくれないか」

「はい……」

マルティーヌは夢うつつのまま頷いた。

「痛くはないか」

「大丈夫なの……体が熱くて、このままでいたい」

このまま、永久に繋がっていたい。

快楽も痛みも、なにもかも一緒に感じたかった。

(全部、パトリス様と一緒に)

喜びも悲しみも、全て二人で。

彼とめぐり会った奇跡に包まれて。

「愛している……マルティーヌ」

彼の声を聞くたびに奥から快楽が湧き上がってくる。

「ああ、あああ……!」

不意に体内が熱く膨れ上がった。きゅうっと淫孔が収縮する。

「お前の中が、締め付ける——熱くて、融けるよ……ああ、また、いってしまう……!」

「いいの、私も、変……あ、ふあ……!」

不意に全身がびくびくっと震える。体の奥に二度目の精を放たれた刺激が最奥を襲った。

淫芯だけではなく、肌の隅々まで震える。

「あ……また、出てしまった……良すぎる……」

パトリスはさすがに息を切らして自分の体の上へ落ちてきた。背中が汗まみれだ。マルティーヌは無言で抱きしめた。

「愛しているわ」

それは自然に出た言葉だった。

「愛している」

彼も返してくれる。

二人の肌が汗で密着して、一つになった。

一つの体になったまま、マルティーヌは生まれてから一番幸せな眠りについていった。


翌朝、目が覚めても目の前にパトリスの顔がある。

昨夜よほど疲れたのか、窓の外は明るいのにぐっすりと眠っていた。

「王妃様」

小声で女官にそう呼ばれて、それが自分を指していることにすぐ気が付けなかった。

「お目覚めですか。先にお着替えいたしますか」

少し迷ったがこう返事をした。

「いいえ、陛下がお目覚めになるまで待つわ。お水を用意してあなたたちは下がっていいわよ」

女官は水差しとゴブレットを置いて寝室を退出した。やがてパトリスの頭が左右に揺れだす。

「今は……何時だ」

「日はもう昇っておりますわ。今水をお持ちします」

昨夜パーティーでワインを沢山飲んだ彼は咽喉が渇いているはずだ。素焼きの水差しから注いだ水は冷たかった。ゴブレットを差し出すと一気に飲み干す。

「ああ、美味い。それにお前が側にいる」

寝間着の体を再び引き寄せられる。乱れた髪のパトリスは恐ろしいほど美しかった。

「私も……同じことを思っていました」

抱き合ったまま眠って、朝同じ寝床で目覚める。

こんなに嬉しい朝は生まれて初めてだった。

「おいで」

横たわったままのパトリスに抱き寄せられ、足の上にまたがる形になった。

「今日は、夜まで予定はないはずだな?」

「はい……」

各地から集まった王族たちも昨夜は遅くまで酒を飲み、この時間は眠っているはずだ。もし活動している者がいてもそれぞれ饗応《きょうおう》係が彼らの望む楽しみ——狩りでも美食でも——を与える手筈になっている。

初夜と、その次の朝を楽しむために二人は長い時間をかけて準備をしてきたのだった。

下着をつけぬまま彼の上にまたがると、その徴はすでに大きくなっていた。

「……朝はいつもこうなるのだが、今朝はかくべつ硬いようだ」

マルティーヌには初めて知る男性の生理だった。そこに自分の花弁を押し当てると、じんわりと熱が伝わる。

「あ……」

昨夜何度も濡れそぼった蜜壺は、ほんの少しの刺激で再び蠢きだした。

「そのまま……お前のもので、擦ってくれ」

パトリスの手が自分の腰を掴んで前後に動かした。足の間の窪《くぼ》みにちょうど筒が挟まって心地いい。

「熱く……なります……」

自らの蜜で滑りが良くなる。寝間着の下で胸が揺れていた。パトリスは前をはだけさせ、白い二つの山を露出させる。

「もう、ここが、こんなに尖っている……」

桃色の乳首は色濃く尖っていた。彼は片手で胸を覆い、丸い粒を摘まむ。

「あ、ああ、感じてしまいます……」

「感じてもいい、もっと濡らしてくれ」

「でも、朝なのに……」

朝からこんなに乱れてもいいのだろうか。だがパトリスはもう片方の胸に唇を寄せる。

「なにも気にすることはない。私は国王でお前は王妃、睦言《むつごと》は国事なのだから」

「あ、そんな……」

両方の乳首を同時に刺激されて、もう熱が止まらなかった。濡れそぼった果肉に男の先端がめり込む。

「あうう……」

蜜で滑る狭い孔は男の侵入を止めることが出来なかった。ずぶずぶと、硬いものが入っていく。

「ああ、なんて気持ちがいいんだ。あれほどしたのにまだし足りない」

昨日、どれほど中に注がれたのか分からない。今までの鬱憤を晴らすかのようにパトリスはマルティーヌを抱いた。

それでも一度眠りについたら情熱が復活している。まるで奔馬《ほんば》のような勢いだった。

「わ、私も……もっと、欲しいのです」

情熱が止まらないのはマルティーヌも同じだった。あれほど燃え上がったのに、もっと欲している。

（私はこんなに欲張りだったの）

　太いもので奥を擦られると、新たな蜜があふれ出る。奥まで貫かれるとじいんと痺れが走った。

（こんなに良かったなんて）

　もう快楽は何度も与えられていたが、体と体で深く繋がる感触はかくべつだった。このままいつまでも、彼と触れ合っていたい――。

「なんてことだ、もう出てしまう――お前をもっと味わっていたいのに」

　離れたくないのは彼も一緒だった。マルティーヌはぎゅっとその頭を抱きしめる。

「出してくださいませ、そして……そのまま、離さないで」

　二人の体がくっついて、離れなくなるまで。

　二人が一つになれれば。

「放すものか……二度と、お前を放さない、決して……！」

　パトリスの声がかすれているような気がする。

　そして、ほどなく体内で小さな破裂が起こった。

　マルティーヌは今日初めての、そして何度も味わうことになる絶頂に包まれた。

あとがき

こんにちは。

再びお目にかかれて嬉しいです。「人嫌い王の超格差な溺愛婚～奇跡の花嫁と秘蜜の部屋～」は、大人しい女の子が運命と努力で幸せを摑む物語です。どきどきしながら最後は温かな気持ちに包まれるよう願いながら書きました。

お針子と言う職業は昔から女性が独り立ちできる仕事でした。ただ、ほとんどの女の子は給料が安く生活は苦しかったようです。「レ・ミゼラブル」のフォンティーヌが有名ですね。

今回のお話は産業革命より前、手縫いの時代を想定しています。布も縫製も全て手作業だった時代、一枚のドレスを作るにもどれほど手間がかかったでしょう。

昔から不器用で洋裁は苦手なのですが、繊細なレースを見ることは好きです。いつかは刺繡にも挑戦してみたい、時間が出来たら……そんなことを考えているだけではいつになることやら。

今回の舞台はフランスをイメージしています。私はずっと昔に一度だけパリに行きました。ただ歩いているだけでも綺麗な街並み、今は気軽に行けなくなってしまいましたが、この状況が変わったら再び訪れたいですね。

知人が最近ヨーロッパへ引っ越しをしたので調べてみたのですが、日本の運転免許証で国際免許を取得すれば、かなりの国で運転が出来るようなのです。列車の旅もいいですが、別の国で運転するのも面白そう！　グーグルマップのストリートビューで見ると、ヨーロッパも田舎ではずっと畑が広がっていて、そんなところをのんびりドライブするのもいいですね。お城を改装したホテルにも泊まってみたいです。

まだまだ気軽に旅行出来ない状況が続きそうですが、いつか終わることを夢見て計画だけでも想像するのは楽しいですね。きっとＣＯＶＩＤの時代が終わったら皆が旅行に旅立つでしょう。

この本が出版される二〇二二年四月ではまだ驚くような好転はしていないかもしれません。

でもきっと、ゆっくり以前のような自由な生活が戻ってくるでしょうね。

それまで皆様、お元気で。

二〇二二年二月　吉田行

人嫌い王の超格差な溺愛婚
～奇跡の花嫁と秘蜜の部屋～

Vanilla《ヴァニラ》文庫

2022年4月20日　第1刷発行　定価はカバーに表示してあります

著　者　吉田 行　©ANN YOSHIDA 2022
装　画　小禄
発行人　鈴木幸辰
発行所　株式会社ハーパーコリンズ・ジャパン
東京都千代田区大手町1-5-1
電話 03-6269-2883（営業）
0570-008091（読者サービス係）

印刷・製本　中央精版印刷株式会社

Printed in Japan ©K.K. HarperCollins Japan 2022 ISBN978-4-596-42894-3